林良
作品集
06

豐富人生

經典紀念珍藏版

林良

《豐富人生》新版本的序

我曾經因為思索我們現代人的幸福問題，每有心得就會寫下一篇短文，細說我的見解。這樣的短文累積多了，我就會把它編組起來，成為一本書。第一本這樣的書，就是《和諧人生》。在《和諧人生》這本書裡，我的結論是：「幸福是可能的，只要我們懂得跟環境和諧相處。」我把這本書看成我與讀者討論人生的第一本書。

這本《豐富人生》是第二本。在這本書中，我和讀者討論的問題是「成功」。我們討論到什麼是成功，怎樣才能夠獲致成功，以及成功的意義是什麼。這本書跟《和諧人生》一樣，也是自己的結論，一共是三點。第一，追求成功的人必須相當自立，有自己的理想，不依賴別人。第二，追求成功的人必須能吃苦，為了塑造一個不同的「自我」而經歷一番奮鬥。第三，成功必須跟（造福人群）結合在一起，那樣的成功才有意義。

這本書出版以後，曾經被一些團體選為「勵志書」，鼓勵大家一起閱讀。更有趣的是，這本書也是我自己常常會拿起來讀幾頁的一本書。

最初，這本書是由「好書出版社」出版經營。印行了二十一刷之後，「好書出版社」的工作人員離散了，就改由「麥田出版」接手出版，製作了新版本，繪製了新封面，這是《豐富人生》的第二個版本。現在，「麥田出版」決定把全書重新校讀，製作新封面，成為《豐富人生》的第三個版本。為了紀念這個新版本的誕生，我寫了這篇短序，作為日後回憶往事的參考。

新版本還有一個改變，就是關於作者署名部分。以往我的散文集，一直都是以我的筆名「子敏」署名，不用我的本名「林良」。因此許多讀者都以為「子敏」和「林良」是兩個人。這一次，我覺得「有兩個名字」並沒有什麼特別的意義，把作者署名改為「林良」了。

這本書從一九八五年出版到現在，已經有二十九年，可是書中的話題卻一直是那麼新鮮。我相信這本「跟讀者一起思考」的書，並不因為歲月而褪色。它會一直是一本能使讀者成為「沉思者」的書。

人人可以思考人生——《豐富人生》第二個版本序

《豐富人生》是一本思考人生的散文集。集子裡的散文是一篇篇「說故事的散文」。一則則的故事，都是「人」的故事。

現代人早已習慣過著一種「開車向前直衝」的日子。因為沒有煞車的裝置，所以只能見路就走。路的走向，不再具有意義；地圖，也不再具有意義。冷靜下來，思考一下人生，應該是人人的權利。

人人都希望能保有一種寧靜、平和、愉快、自在的心境。

人人都希望能擁有生命的活力，積極追求屬於自己的成就。

人人都希望能為人生尋找意義，使自己的心靈有一個安頓。

這些希望的實現，都要靠冷靜的思索。我既然早已肯定自己是「人人」中的一員，當然就會有自己的思索。我寫下我的思索，就成了這樣的一本書：《豐富人生》。

人人可以思考人生，而且可以互相交換。

關於《豐富人生》這本書的寫作過程，讀者讀一讀後面所附的「初版序」就可以知道。我在這裡想說的，是這個第二個版本誕生的經過。

《豐富人生》這本書，跟讀者相當有緣。這本書，最初交給「好書出版社」出版，從一九八五年（民國七十四年）印行第一刷，到一九九四年（民國八十三年）已經印行到第二十一刷。這一年，因為「好書出版社」的成員先後離開了出版崗位，竟使這本書一時成為「孤兒」，失去了照顧。

認養這個孤兒，願意加以照顧的，是城邦集團的成員、富有朝氣的「麥田出版」。他們為這本書重新排版，並且為它換上新的書衣。《豐富人生》的第二個版本就這樣誕生了。

為了慶祝新版本的誕生，同時也為了《豐富人生》的能夠得到妥善的照顧給我帶來的喜悅，我寫下這幾句話，作為紀念。

一九九七年十月在臺北

說故事的論文——《豐富人生》初版的序

有一位朋友告訴我說：他很喜歡閱讀探討人生的書，而且很快的就獲得了一個結論，就是「人生如夢」。

他說明這個輕易獲得的結論的由來——他往往只讀了兩三段就睡著了。他一覺醒來，就像「南柯一夢」。

他埋怨說：『為什麼探討人生的書要寫得那麼嚴肅，寫得像一篇作文或者像一篇論文？』埋怨歸埋怨，他閱讀的興趣不減，面對書本沉睡像默禱的次數也越來越多。

探討人生的興趣是人人都有的。不過，這並不等於說：人人都喜歡閱讀艱澀的作文。

探討人生的那種貪心，也是人人都有的。不過，這並不等於說：人人都能滿足於抽象的思維和美麗的警句。

探討多采多姿的人生，應該以多采多姿的經驗為基礎。抽象的思維和美麗的警句是不可少的：一個代表思索的過程，一個代表思索的收穫。但是，我們應該保持清醒的是：思考的訓練和警句的製作並不等於探討人生。我們應該抓住探討的對象不放。我們都深信，人的遭遇和感受才是「人生觀」之母。健全的人生觀應該是對「人的遭遇和感受」的完美解釋。

中國古代傑出的思想家都是「說故事的思想家」。他們在嚴肅的論文中「插播」故事。我們讀他們的著作，讀的是「說故事的論文」。論文中的故事能產生一種美好的作用，就是把抽象的思維拉回經驗的世界。故事成為抽象思維和經驗世界互相溝通的管道。故事使抽象思維產生了價值，使經驗世界產生了意義。

英國思想家「羅素」所寫的《幸福之路》，是一本探討人生的書。在這本書裡，一個故事接著一個故事，互相串連像一條金鍊子。如果刪去這些故事，一本書就只能剩下半本，而且是令人打瞌睡的半本。

十二年前我寫《和諧人生》（純文學出版社），那是一本探討人生的書。我環繞一個「和諧」的觀念寫散文。我稱我寫的文章是不「嚴肅」的論文，原因是我寫的雖是探討人生的文章，卻充分享受了寫散文的自在。現在仔細檢討，那「自在」的感覺與其說是來自散文的不拘謹的風格，不如說是來自「充分享受說故事的權利」更正確些。說故事令我自在，也令讀者自在。

《豐富人生》也是一本探討人生的書。這一次，我再也不必像現代小說作家那樣怕被人稱為「說故事的人」了。我找到了歷代思想家著作的傳統——說故事。我寧願把這本書中所有的文章稱為「說故事的論文」。說故事的論文也就是人人可以進入的論文。說故事的論文更含有不打算寫得那麼嚴肅的意味。

我在《和諧人生》那本書裡，審視的是一個「和諧」的觀念。我認為不失去尊嚴、不喪失權利的和諧，應該從「自我建設」開始。人人從事適度的自我建設，彼此發揮「互饋作用」，然後「和諧」才有可能。對聰明的現代人來說，這也就是「經濟觀念」和「倫理觀念」的和諧：美好的人際關係建立在美好的供需關係的基礎上。現代人不必為這一點感到愧疚。孟子說過：『愛人者，人恆愛之；敬人者，人恆敬之。』他肯定了和諧的人際關係來自和諧的供需關係。

在《豐富人生》這本書裡，我審視的是一個「建設」的觀念。我認為：一個人只有從事「自我建設」，他的生命才能產生價值；一個人只有從事建設性的活動，才能找到人生的意義。

有一個彷徨的年輕人，以存在主義者的口吻說：『我是誰？我來自何方？生命有何價值？我為什麼活著？』

後來，他因為興趣，開始蒐集咖啡屋、餐廳、大旅館所贈送的各式各樣的火柴盒。他累積了可觀的成績，感覺到生命的充實，同時也解決了一切的「哲學問題」。這正是：『我建設，所以我存在。』

「建設」的內容包括：累積、鍛鍊、創造。不管怎麼樣，你必須運用生命中的「能」，相當「當真」的使自己「動」起來，而且聰明的選擇建設性的活動。在那種情況之下，你就會有足夠的能力回答自己的問題：『我為什麼活著？』

「破壞」和「報復」是不必要的。少數的人也許必須透過破壞性的活動才能感到生命的充實和奔放。但是這樣的人往往忽略了一點，就是破壞會把人導向瘋狂。他會由「毀滅自己的所憎」開始，逐漸擴大「所憎」的範圍，最後演變成憎惡一切，毀滅一切，包括自己。

取代「破壞」的，應該是「添新」。如果你能肯定你的所信所愛確實是十分美好，你為什麼不從事新的建設，而且使那建設壯大？南丁格爾在百般艱難中為女性打通了一條服務人群的管道——護士制度。她用不著羞辱天下的男人。一個沒有護士制度的舊社會，經由「添新」的建設活動，蛻變成一個有護士制度的新社會。堅持要先毀掉沒有護士制度的舊社會中的一切，然後再來弄一個僅僅是增添了一個護士制度的新社會，這不僅僅是生命的大量浪費，而且是極端的愚蠢。

因為這個緣故，人人不同的自我建設，也不應該含有一絲不良的「相互破壞」

作用在內。自我建設是為自己增添新的「生命能」。

多采多姿的自我建設，使人人都能獲得一個豐富的人生：這就是我想藉這本書向讀者傳遞的觀念。這傳遞含有「互饋」的誠意，而且只限於是一種表達。我會格外尊重讀者，不因為這表達的「被接受」或「不被接受」而變化心中的陰晴。

寫到這裡，我忽然興起了一個有意思的念頭：如果要我把一本書簡約成一句話，我最想說的那句話會是什麼？我相信，我想說的必定是：『人生是一種建設。』

這本書裡的三十一篇文章，並不是一口氣寫成的。這些文章可以形容為一種累積的成績。我平日有了感觸，就隨時拿紙筆記下來，當作備用的題材。到了可以寫作的時間，再從那些紙片中挑選一個合適的題目來寫。後來我發現，儘管我什麼題材都喜歡寫，但是寫得最勤、出現頻率最高的一類文章竟是探討人生的文章。這也就是說，我保存下來的紙片中，數量最多的竟是記錄人生感觸的一類。

這些感觸，通常都是在接聽一個電話，讀了一封信，或者是在一次面談之後寫的。這些紙片在歸入「題庫」以前，往往會壓在我的書桌上一段時日，作為我深夜在書房裡思索的題目。那些紙片像是在橋頭打轉的小船。我的思索是充滿同情的，總是希望自己能在那條曾經走過的水路上為不同的「苦惱的小船」畫出不同的航線。每一次思索總會有一個小小的結論。那些小小的結論才是我的寫作題目，才能放進我的寫作題庫。

儘管我是東一篇、西一篇的零零碎碎的寫，但是到了有心整理、把這些「人生文章」集中在一起的時候，我發現我的「同情的思索」有了很大的收穫，連我自己也不能不加以珍惜。我為「人生是一種建設」這個主題所寫的文章，已經超過了十四萬字！

因為平日工作的忙碌，能夠維持寫作生活已經不容易，我漸漸把出書的事情放在一邊了。不久以前，有一位朋友提醒我說：『你已經整整三年半沒出過一本書了。』他的意思是告訴我：田裡的稻子該收割了。

我聽從了他的勸告，第一件事就是著手整理我的「人生文章」。我從十四萬字的作品中，挑選了我自己最愛讀的十萬字，編成了這樣的一本書。我的工作進度是很慢的，因為我的忙碌的生活，使我不可能為自己安排一個「編輯之日」。我只能有「編輯之夜」，而且每星期也只有一次。我一星期、一星期慢慢的選，慢慢的編。無論你形容那是牛步還是蝸步，編書不是發新聞，我總算把一本書編出來了。

書名《豐富人生》，是由書中一篇文章的題目〈豐富人生三境〉截取來的。我喜歡這個書名，一方面是因為這四個字是兩個熟悉語詞的「陌生的組合」，另一方面是這四個字最能為全書的真正內容作正面的表達。

我把這本書交給「好書出版社」出版，成為我在這個出版社出版的第二本書。好書出版社是一個沒有「頭寸壓力」的實驗性出版社。它沒有「企業」企圖，只從事出版理論的實驗。把書交給這樣的出版社出版，你可以不必經歷「氣急敗壞」、「連夜趕工」的出版煉獄。你心平氣和的編，出版社心平氣和的印，然後是心平氣和的出書。

我們應該為一本投注心血的新書的誕生而記住了那日子，不應該設定一個日子叫一本新書準時誕生。追求這樣的出版境界，我只有把我的新書交給好書出版社出版，因為這不是任何一家有企業企圖的出版社辦得到的。

一九八五年七月七日

豐富人生

目次

◆淑世境

◆結論

豐富人生三境

楔子

我是「心」

有一天晚上，我很貪心的看完了一本書，又拿起筆來，想寫作。我已經很睏，應該去睡才對，可是偏偏不肯放下手裡的筆。這堅持一點用處也沒有，生理就是生理。我猜我一定是入夢了，不然的話，我不可能看見我的心站在我面前，而且親切的跟我談話。

大多數的讀者一定沒見過心，對於心的形象一定很好奇。不要那麼肯定，認為心一定像一個紅蘋果。也不要那麼死心眼兒，認為心一定像撲克牌上的紅桃。我看到的心可不是這個樣子。

讓我細心的描寫他：

他的身體和四肢，像一個胖胖的，路走得很好的三歲男孩兒，完全不穿衣服。像所有的幼兒一樣，他有圓圓短短的身子，圓圓短短的手臂，圓圓短短的腿。他的皮膚，細細嫩嫩，白裡泛紅，最像滿月的嬰兒。他的頭很大。這並不奇怪，所有的幼兒都有很大的頭，頭的高度，幾乎等於全身高度的四分之一！至於他的面貌，卻像唐朝畫家吳道子所畫的「老子」，但是比老子還要老兩千多歲。他的臉上，布滿了五千年風霜留下的痕跡。他的雙眼，閃耀著五千年經驗磨練出來的智慧光芒。他渾身洋溢著新生兒的生命力，說出來的卻是智慧的言語。

『我是心。』這是他對我說的第一句話。他的聲音，像一個中年人。

『你好！』我說。

『趁你睡著的時候，我出來散散步。』他說。

『誰說我睡著了？我不是好好兒在這兒跟你說話嗎？』我說。

『你是什麼樣兒，就是什麼樣兒。你不願意承認你睡著了，你就別承認。我們難得有機會交談，應該格外愛惜光陰。辯論最浪費時間。』他說。

『你真的是我的心臟嗎？』我問。

他哈哈大笑，說：『包括心臟，不過不僅僅是心臟。』他忍不住又笑起來：『心臟，真有意思！』

『那麼，你是我的大腦？』我又問。

『包括大腦，不過不僅僅是大腦。』他說。

我忽然想發議論，就說：『我認為一個人身體裡最重要的部分，就是大腦！』

『一個人身體裡最重要的部分應該是心臟。心臟是生命之本。你讀過生理學，應該知道大腦是靠心臟養活的。如果沒有心臟，大腦就成為一堆乾海綿。』他說。

『你還包括什麼？』我又問。

『包括你的感覺，你的情緒，你的意志。一句話，包括你所有的一切——當然是指醫生的眼睛所看不見的部分。』他含笑說。

『看起來，你很有權威。那麼，你就是我的主人啦？』我問。

『不是。』他回答。『你才是我的主人。我只不過是你的總管。』

我立刻說：『照你這麼說，那麼，我隨時都可以指揮你啦？比如說，我現在叫你走開，你是不是就走開啦？』

『你在做夢。』他說。『我的意思是說，你正在夢中。做夢的人，還能指揮誰？除非你醒了，或者，除非你不讓自己疲勞過度。你可以指揮我，但是要遵循一定的程序。我所說的指揮，並不是呼來喚去的那種指揮。你可以指揮我，但是不能對我下命令。你可以在還不太晚的時候指揮我好好兒照顧你的心臟，這個，我辦得到。如果你在心臟停了的時候，下令叫我立刻恢復心臟的跳動，那就不是我所能辦到的了。』

我想起了一個很好的比喻：『你是我的總管，又是我的顧問，對不對？』

『一點兒也不錯。』他愉快的說。

我想起一個新問題，而且我對這問題的答案有濃厚的興趣：『我是你的主人，我可以指揮你，對不對？那麼，誰是我的主人，誰可以指揮我呢？』

『這個很簡單。』他說。『你昏迷的時候，宇宙間的萬事萬物都可以成為你的主人，都可以指揮你。反過來說，如果你是清醒的，那麼整個關係就完全倒過來了。』

我很貪心的問：『怎麼樣才能永遠保持清醒？』讀者當然知道我是什麼意思。我不希望宇宙間的萬事萬物完全控制了我。我希望能有一些自由，能為自己作主。

他也看透了我的意思，所以就很得意的說：『如果你希望永遠保持清醒，就要常常跟我商量。我有足夠的經驗，足夠的知識，可以供你作參考。你別忘了，大腦的功能也是我的一部分啊！』

『跟你商量？』我不服氣的說。『不跟你商量，我就完全不能作主嗎？照你這麼說，我還能算是一個主人嗎？』

『錯錯錯！』他立刻糾正我的說法。『你不跟我商量也一樣可以作主啊！問題是，這是你自己問我的。你問我怎麼樣才能永遠保持清醒，對不對？如果你不在乎「永遠保持清醒」這一點，你當然可以不跟我商量。你可以自己決定要這個，也可以自己決定要那個，沒有誰能攔你。』

『好了，』我說，『這個夢已經作得夠長了，大概也快作完了。為了珍惜時間，我們還是不辯論的好。現在我問你，這個「永遠保持清醒」的「我」，該叫什麼呢？』

『這個就叫「理性的自我」。他管的事就是「選擇」。』

『「理性的自我」？』我機智的說。『這是誰告訴你的？這恐怕是你自己編的吧？』

他雙眼放出智慧的光芒，含笑說：『是我自己編的。你如果不同意，你就叫他「永遠保持清醒的自我」好了。如果還無法同意，你乾脆就叫他「那麼一種東西」好了。』

『我寧可叫他「理性的自我」。你有理。』我佩服他的智慧。『那麼，這「理性的自我」是誰給的？是人人都有的嗎？』

『人人都有？那怎麼可能？有的有，有的沒有。』他的雙眼，又閃爍著智慧的光芒，笑著說：『至於那些具有「理性的自我」的人，當然是聽來的，學來的，或者，跟人討論出來的。從「沒有」到「有」，那個歷程我們是想得出來的。剛有的時候，也只是一些淡淡的影子，後來一層一層的加上去，才越變越濃。』

『但是，』我說，『最初總會有那麼一個人，最先想到這種東西的呀？那麼，那個人怎麼就會忽然想到有這麼個東西呢？』

『你問我，我問誰呀？』他神祕的說。『我們還沒有能力想這個問題。我們還是先想想「已經有」的東西吧。比如——』

『比如什麼？』我打斷了他的話，那是因為，你知道的，他不肯正面回答我的問題。

『比如說，有了「理性的自我」，對我們有什麼好處。這不是很值得想一想嗎？』他說。

『好！有了「理性的自我」，對我們有什麼好處？』我說。

『當然有好處啦，比如說，你凡事可以作正確的選擇，這就是一種好處。』他說。

『舉個例子。』我請求他。

『講個故事好了。』他說。『有一個人，煮了一鍋熱粥，拿碗盛粥的時候燙了手，氣得把那口鍋砸了。』

『又燙了手，又損失一口鍋。』我說。

『這就對了。』他說。『如果他的「理性的自我」出來作選擇，他一定不砸鍋。他一定會趕快去抹藥。一個具有「昏迷的自我」的人，不能作正確的選擇，一定會命令我把這種事交給「情緒」去辦。你知道，「情緒」這個傢伙一向是亂搞的，如果不加以約束，不要說砸鍋，連罵太太，打孩子，他都搞得出來。有「昏迷的自我」的人，從來不跟我商量，只對我發命令。這只不過是一個例子。』

『還有別的故事嗎？』我問。

『有的是。』他說。『有一個學生，放學回家，精神很好。他知道明天要大考，應該趁精神好的時候看看書。但是他很愛看《楚留香》電視劇，也知道《楚留香》是在一定時間出現，並不等人的。他想了一想，就去打開電視機。那個學期，他留級了。如果他有「理性的自我」，先跟我商量，我一定會建議他把這件事交給「意志力」去辦。但是他不，他直接對我下命令，叫我把這件事交給「慾望」去辦。這就叫「昏迷」。』

『還有別的故事嗎？』我又問。

『故事太多了。如果你喜歡聽，將來機會多的是。我有一個預感，其實不算預感，這是我的經驗。我發覺，你的疲勞好像已經「恢復」了一點，你開始覺得趴在桌子上睡覺不很舒服了。我看，你是快醒了。我想，我也該回去了。再見！』他說。

『慢著！』我急忙說。『你說你是心，而且又包括這個，包括那個。你到底是什麼？』

『心，就是一個人身上的「精神功能」啊——這也是我編的。你想叫我什麼我都不在意。反正有這麼一種東西就是了。』他笑著對我擺擺手。『再見！』

他的身體慢慢的縮小，到了最後，幾乎只有針尖兒那麼大。我極力睜大我的眼睛，卻再也看不見他的影子。我再睜一次眼，醒了。

我發覺我是趴在書桌上睡著了。手中的筆，早已經滾到遠處去了。看看稿紙，一個字也沒寫。我覺得我還很疲倦。我相當固執，抓起筆，很想硬撐下去。接著，我用「大腦」想想：『過度疲勞，弄出病來，是個麻煩。』

我聽到一個聲音：『先跟我商量，再作選擇，你總算學會了。』

原來他就在我身體裡面，而且守著大腦。『小傢伙，你好！』

我收拾書桌，對他下了個命令：『把我弄到床上去睡！』

他果然照辦——他命令大腦，大腦發動四肢，平平安安的把我送上了床。最令我感激的是他的周到。他還命令大腦跟我道晚安：『好好兒睡吧。一切等明天再說吧！』

◆自立境

人比人

有一個美國笑話：

有一位父親，責備兒子說：『華盛頓在你這個年齡，早已是一個測量員了。你現在一事無成。』

兒子說：『華盛頓在您的年齡，早已是美國總統了，對不對？』

華盛頓是一位令人崇敬的偉人。他一定料不到他的名字竟會「傷人」，竟會給一對父子帶來傷害和痛苦。

兒童心理學家說，每一個小孩都恨一個「鄰居的小孩」，因為那個「鄰居的小孩」樣樣都比他強，他總是因為那個「鄰居的小孩」的存在而受責備。

有一位母親責備弄髒了衣服的兒子：『你看隔壁的王小弟，出門穿得整整齊齊、乾乾淨淨的，哪像你，泥塘裡的水牛似的！』

那個弄髒了衣服的孩子聽了這樣的話，心裡所想的恐怕不會是衣服髒不髒的問題。他最可能的想法恐怕是：『可惡的王小弟！』其實王小弟並沒得罪他。

有一個人，有個兒子。他本來很快樂，因為家裡人丁興旺。有一天，太太對他說了這樣一句話：『別以為你兒子多。人家隔壁王家，就有七個！』

這個人聽了，心裡很不舒服，就說：『那是人家有個爭氣的太太。』

一對好夫妻就為了這兩句話吵了一架。

有一句話說：『人比人，氣死人。』拿人比人，實在很傷人。一個心理學家很風趣的說：『想傷害一個人很簡單。你只要找個人跟他比一比就夠了。』

儘管「人比人」會給人帶來痛苦和傷害，但是大多數的人卻捨不得拋棄這一比。佛家說，人生有四大痛苦：生、老、病、死。其實，人生的痛苦有五項：生、老、病、死、比。

我們最常犯的無心的「口孽」，就是用「比」傷人。

有一位先生對他的太太說：『你看人家王太太把屋子收拾得多乾淨。』

這就是拿別人來比親人，無心傷害了親人。

聽到這句話的太太，很可能也就用「比」來自衛，像前面提到的那一對「討論華盛頓」的父子一樣。太太不得不說：『人家的先生會掙錢，太太用不著上班，有的是時間。』
被激怒的先生就會說：『不是先生會不會掙錢的問題。問題全在太太勤快不勤快。』
發了脾氣的太太就會說；『有了不懂得清潔的先生，再勤快的太太也收拾不過來。』
小小的一「比」，把家庭幸福都破壞了。
除了拿別人來比親人以外，還有一種「比」，就是拿自己來比別人。
有一個工頭對工人說：『才來第一天你就喊累。你看我，今天已經是第三天了，我一點兒也不在乎。』
工人說：『你是你，我是我。』
工頭說：『這話怎麼說？』
工人說：『你拿的什麼錢？我拿的什麼錢？』
除了拿自己來比別人以外，還有一種「比」，也應該列入「壞比」。那就是用「比」來虐待自己。

有一個故事說，有一個白手起家的商人，家產累積到千萬。他本來很快樂。他不該認識另外一個也是白手起家的商人，家產竟有一億。從此以後，他只要跟那一億富翁在一起，忍不住就會拿自己去跟人家比，這一比，立刻就覺得自己不如人，心裡非常痛苦。平日在家，本來沒事，但是他偏偏忘不了那一比，所以心裡也不舒坦。他越比越苦惱，最後連脾氣也變壞了，時常跟人發生爭執。大家可以料想到那個結果——度過了失敗的後半生。

「比」是有毒的，既能傷人，又能害己。可惜的是，我們總是忘不了那一比。要是我們能擺脫那個「比」，要是我們能從「比」裡獲得解脫，日子是不是能過得幸福些呢？那答案是肯定的。

人不比也能照樣過日子，而且過得很好。

父親希望兒子學習一種技能，盡可以把自己的想法說出來，何必請華盛頓出面？

母親希望孩子保持衣服的乾淨，盡可以作坦誠的表達，何必請隔壁王家小弟出面？

先生希望有個乾淨的家，盡可以跟太太商量兩個人該怎麼樣分工，何必請隔壁王太太出面呢？

不當的「比」，往往造成緊張的局面，引發了不必要的衝突，破壞了人跟人的和諧。改革這種不當的語言習慣，似乎是比較容易的。較難擺脫的，恐怕是「拿自己跟別人比」的思想習慣。

把「比」轉換成一個自己追求的目標，轉換成一個自己的計畫，是一個可行的辦法。這就是把「人比人」轉換成「自己比自己」。

「人比人」往往容易激起我們強烈的情緒，使我們失去了自我，完全成為「情緒的奴隸」。這種情況，對於我們的「自我建設」是極端不利的，除了苦惱以外，我們還會變得一無所有。

如果我們把那「比」，轉換成自己追求的目標，轉換成自己的計畫，情況就會好得多。至少我們可以活得有目標，有計畫。但是我們仍然要關心那計畫和目標是不是仍然還是情緒的產物。如果那目標根本不是你做得到的，如果那計畫根本沒有實現的可能，那麼，苦惱就仍然存在。

對個人的幸福來說，沒有什麼能比自己原來追求的目標、原來擬定的計畫更可愛的了。為了「比」而動搖原來的目標和計畫，並不是一件很好的事情。

從這個觀點來看，「比」有時候也是一種誘惑。這誘惑使我們叛離了原有的目標，原有的計畫。

幸福的人應該有自己的人生目標、自己的人生計畫。為了一「比」而動搖這一切，也很可能使我們喪失了幸福。能夠不比，或者不受「比」的誘惑，才有可能獲得人生的幸福。幸福人生的道理是：相信自己是獨一無二的，不可比，無法比，永不比。

愛迪生童年在學校念書，老師曾經批評他「比別的學生愚笨」。這一比，使愛迪生的生命布滿了陰影。幸運的是愛迪生有一位好母親。她把愛迪生帶回家來親自教他讀書，使他逃脫了「比」的陰影，過不比的日子，「自己跟自己比」的日子。她培植了一個「很會動腦筋的孩子」。大家都知道，後來愛迪生終於有了「跟人家不一樣」的成就。

「比」，往往使我們的思想僵化，使我們不知不覺的把自己納入一個對我們並不適合的模子裡去。「比」，也往往使我們為無意義的事情所套牢，而葬送了自己的前途。

為「比」而灰心喪志的人，為「比」而憤慨激動的人，往往不知不覺的造成生命的浪費。

有一個有名的笑話：

父、子、孫三代生活在一起。有一天，爺爺因爲孫子不聽話，「體罰」了孫子一下。孩子的父親看見了，就狠命的「自己掌嘴」。爺爺問他這是幹什麼。孩子的父親說：『你打我的兒子，我也打你的兒子！』

為「比」苦惱，為「比」生氣的人，往往也會做出這樣的傻事。

相信自己是獨一無二，就可以使我們擺脫「比」的糾纏，不浪費自己的生命。

有一個優秀的轉學生，在學校編班的時候，被編進一個不愛讀書的班級去就讀。他看到許多不用功的同學日子仍然過得好好的。他越比越憤慨，竟下了一個決定：『不用功一樣過日子，我又何必用功呢？』

「比」，有時候也會使人變得愚蠢。「比」，固然是有毒的，但是聰明的用「比」，有時候也能做好事。這就是使「壞比」變成了「好比」。

前面提到的那個故事：

先生對他的太太說：『你看人家王太太把屋子收拾得多乾淨。』太太說：『人家的先生會掙錢，太太用不著上班，有的是時間。』

這個時候，先生如果能善用「比」，把話題一轉，說：『不過，你燒的菜比她好多了。』這就是一個「好比」。

太太也把話題一轉說：『你不像王先生那樣又喝酒又打牌的。』這也是一個「好比」。

有了兩個「好比」，局面就會改觀。不過，這「好比」還不是很好的，因為這兩個「比」畢竟是無端傷害了別人。

最好的「好比」應該是這樣的：

『你實在比我強多了。』

『我實在不能跟你相比。』

有一對美國的教授夫婦到報社來訪問。

我對那位先生說：『我的英語實在很「破」。』

那位先生說：『跟你的英語相比，我的中國話簡直等於零。』

他是一位最懂得用「比」的人。

「平凡」的高貴含義

有一個年輕的朋友說過一句很有意思的話。他說：『人的對頭不應該是「人」。人應該把「人」看成自己人。』

他用我們所熟悉的平凡語詞組合成一句含義深刻的話。他的意思其實是說：一個人不應該把別人看成是跟自己對立的；他應該體認到自己和別人同屬一個叫作「人類」的群體。

我們每一個人從小就接受一種含有「不重視別人」傾向的教育。這種教育使我們變得相當漠視「別人」的權利。我們心中都有一種有趣的野蠻邏輯，那就是：『不是「外人」的才能算是人。』因此，我們要格外當心，如果我們一旦被人看成「外人」，我們就會喪失「人」所應享的一切權利。我們從小就認識一種不友善的野蠻民族，那野蠻民族的名字就叫「別人」。

這種不很好的教育的陰影，往往像我們心靈上的一片黑雲，聚結不散，甚至到了我們四五十歲的時候，還支配著我們的一切心靈活動。我們不但漠視「別人」的權利，同時也漠視「別人」的感受。

也許這樣的描述會使人覺得有些含混。更精確的說，我們心目中的所謂「別人」，就是指「非熟人」。我們的潛意識裡往往直截了當的把「非熟人」看成「非人」。如果我們好好兒反省，就不能不承認前面的描述是十分接近事實的了。

因為這緣故，我們就變得很能接受「勝過別人」、「蓋過別人」、「超過別人」、「打垮別人」的觀念。我們心裡並不覺得不安。

不過，如果我們把「別人」換成「你」，要我們站在朋友面前，對他說：『我要勝過你，我要蓋過你，我要超過你，我要把你打垮！』這種事我們一定做不出來，這種話我們也一定說不出口。我們都知道這是很不尊重朋友的。

如果再換另一種情況，設想我們是聽者，我們的朋友當面對我們說：『我要勝過你，我要蓋過你，我要超過你，我要把你打垮！』如果真是這樣，我們就會覺得無法忍受。

根據前面的分析，我們可以得到這樣的結論：

我們比較容易接受當大英雄、當偉大的人、當傑出的人物、當勝過一切對手的強者這樣的觀念，因為我們自小就接受了漠視別人的感受的教育。相反的，我們不大容易接受「做一個平凡的人」的觀念，因為那樣就太便宜「別人」了。我們不甘心。

其實，在「我要做一個平凡的人」這句話裡，就飽含了「人人生而平等」的高貴信念。這個高貴的信念使我們能夠尊重別人的權利，關心別人的感受。這個高貴的信念使我們能夠得到更多的朋友，使我們的生命能夠進入為社會服務，為人群服務的境界。

立志做一個平凡的人，會使我們變得非常謙虛。謙虛使我們得朋友如得魚——像運氣好的漁夫。

立志做一個平凡的人，會使我們的人生的奮鬥，由低俗的「戰勝別人」提升到「為人群服務」的高貴境界。

「做一個平凡的人」的觀念，有時候會為我們帶來意料不到的快樂。那就是我們可以把這個含有「尊重人人」精神的觀念，轉換成一個「自我抑制」的觀念，我們就會變得不貪心，不占有。我們會把所得到的比人少，所享受的比人差，看成一件可以接受的事情。我們會變得比較快樂，比較能保持心靈的寧靜，在有益的事情上精進不息。

有一位心理學教授說：『分析人的痛苦，絕大部分都是由「人」引起。如果我們能對他人的某種權利加以承認，像我們希望他人對我們的某種權利加以承認一樣，那麼我們的所謂痛苦就可以減輕了許多。』

要承認他人的某些權利，必須在我們自認跟他人一樣平凡的情況下才做得到。

人生最大的痛苦是「爭」。這種「爭之苦」會使你不得不放下理想的追求，不得不放棄有價值的努力，無盡無休的浪費自己的心力和體力。

有一位喜歡寫作的家庭主婦說過一個有趣味的故事：

有一年，她正在撰寫一部中篇小說，偏偏後陽臺的兩根竹竿被大風吹落，打壞了鄰家後院的四盆花。她過去表示歉意，並且答應賠償。鄰家主婦不知道為什麼竟對她說起尖刻的話來，稍稍引起她的怒意。

她本來很想回敬對方幾句，忽然發現對方有集中一切力量投入這場「竹竿戰爭」的雄圖。她立刻清醒過來，照對方提出的高價賠償那四盆花，趁著自己正在靈感泉湧的寫作巔峰狀態，順利的寫完了那部小說。

她在「一個人跟另一個人的戰爭」中退卻，卻在有益的事情上精進不息。

「沒人能占我便宜」的傲岸，源自「人我對立」的意識。一個人的「人我對立」意識過分強烈，就會變得好鬥難纏，自己痛苦，也使別人痛苦。把自己看成一個平凡的人，往往可以適當的抑制「人我對立」意識，使自己獲得幸福。

從宇宙的宏大規模來看，我們每一個人的平凡是一個事實。因此，承認自己的平凡並不是一件很困難的事情。問題是，如果人人自認平凡，無爭無為，會不會造成一個暮氣沉沉的懶人社會？這一種顧慮是有道理的。

我們不得不承認，有一部分人的所以能夠奮發有為，那動力是來自強烈的「人我對立」意識。有時候，我們自己也難免是這樣。

強烈的「人我對立」意識，使我們無法接受「我是一個平凡的人」的觀念。所謂「平凡」，依我們的想法，應該是指「他人」。我們自己所應該追求的是「不平凡」，因為我們必須勝過「他人」。

這種由強烈的「人我對立」意識所產生的動力，有時候確實可以使我們獲得很高的成就。遺憾的是這種成就是一種「必須有受害者」的成就。這種成就必須靠一群弱者、敗者來彰顯。我們當然希望那強者、勝者是自己，弱者、敗者是他人。問題是，如果整個情況恰好倒過來，那強者、勝者是他人，弱者、敗者卻是我們自己，那麼，我們就會變得無法忍受了。

我們還應該作更深入的思考。如果那強者、勝者確實是我自己，那麼當我們想到我們是在一個由弱者、敗者組成的群體中過日子，我們一定也會覺得乏味而變得無法忍受。

應該還有另外一種動力。不錯，另外的動力確實存在。這動力具有多樣性。它發自除了「人我對立」意識以外的廣大人類精神世界。好奇是一種動力。興趣是一種動力。想戰勝自己，是一種動力。對理想的執著，是一種動力。對群體的關心，是一種動力。想幫助一個朋友，是一種動力。愛，更是一種動力。我們很容易發現，這些數不清的動力無論哪一種都比「人我對立」意識所形成的動力好得多，也更能使我們獲得幸福。

一個自認平凡的人，因為能適當的擺脫「人我對立」意識的糾纏，往往能有一個更廣大的精神世界，同時也更接近幸福。

愛迪生一生勤奮不息。他的動力來自好奇。有一次他接受訪問，談到他對自己的發明品最喜歡的是哪一種。他的回答是：『電燈。』這是因為他想到電燈使外科大夫在夜間安全的進行手術，挽救人的生命。

我們由愛迪生的一生事蹟，獲得了一個印象，那就是「無爭並不等於無為」。因此，自認平凡並不等於決心做一個懶人。人人自認平凡，也不至於造成一個懶人社會。相反的，自認平凡可以使人擺脫「人我對立」的桎梏，一心一意的去做有益的事。人人自認平凡，可以造成一個人人互相尊重的和諧社會，更因為個體和個體的力量不互相抵消，整個社會也變得更積極有為。

前面的討論，使我們不得不承認「平凡」是一個高貴的觀念。同時，因為這觀念能使我們擺脫人生的痛苦，所以它也是一個使我們獲得幸福的觀念。

朋友

一位心理學家說：『每一副撲克牌都有四張「王」，只要你不停翻牌，就可以把四張全找出來。每個人都會有自己覺得合適的朋友，但是你要設法去認識他。』

西方小說常常描寫大都市生活給人帶來的那種「疏離感」，指的是都市裡人跟人的彼此漠不關心。其實，這種感覺只對一種人是真的，那就是剛到大都市裡去居住的人，也就是學生們口頭上說的「新來的插班生」。一個人，只要在大都市裡住上幾個月，那種感覺就會消失；不過有一個條件，那就是他必須是一個喜歡跟人認識的人。一個不想翻牌的人，永遠找不到他想要的那四張「國王」。

有一首電影歌曲叫〈風從哪裡來〉。有一位淘氣的朋友，嘆息自己的寂寞，寫了一首歌詞，把標題寫成「朋友從哪裡來」——其實他是一個很快樂的人。

沒有朋友的人，當然會覺得寂寞，一切的毛病，也就由寂寞爆發出來。人間的許多個人的悲劇，都是在「沒有朋友在場」的時候發生的。許多古怪的念頭，許多荒謬的主意，許多偏激的思想，許多固執的成見，都是因為沒有朋友才形成的。

有一位心理學者說：『所謂「變態心理」，大致上也可以說是一種「沒有朋友的心理」。』

全神貫注的工作，可以使一個人忘掉寂寞，而且對社會有建設性的貢獻；不過，這只有少數傑出的人物才辦得到。大多數的人，在沒有朋友的情況下，就會有受冷落的感覺，因此往往對社會懷著敵意。這樣的人，如果是強壯的，就會猛烈的攻擊社會；如果是衰弱的，就會認為社會傷害了他，時刻找機會報復；或者，鄙視自己，認為自己一文不值，全面否定自己生存的意義。

有一位心理醫生說：『為我的病人開一張萬靈的藥方是很容易的，只是那種藥很不容易買到。』他所說的藥方是「好朋友兩個」，問題是朋友要由自己去找。沒有朋友的人，心理上已經起了變化，再要他自己去找朋友確實很難。癥結是：他需要朋友，但是他「不肯」要。他拒絕他所需要的，正像需要氧氣的人不肯呼吸。

朋友從哪裡來？那答案非常簡單，就是「去認識」。一個很喜歡跟人認識的人，找到好朋友的機會也最大。

一個人，只要胸襟開朗一點，用友善的態度待人，不拒絕別人想跟你認識的一番好意，總有機會認識一些人。也許你第一次認識的是一隻虎，第二次認識的是老鼠，然後你又認識狼，認識羊，認識貓，認識狗，繼續不斷的認識下去，早晚你一定會認識一兩個相投的朋友。有了相投的朋友，你就會很快樂。這快樂是從「不停的翻牌」得來的。

不要以為只有你才有權把認識的人區分為老鼠或老虎，別人同樣也會把你看成老鼠或老虎。這只是比喻，並沒有惡意。這比喻的意思是，你所認識的人並不個個都對你合適。找朋友的人，最要緊的是要有開放的胸襟，不心急，不焦慮，早晚總會找到知音的。

有一位婚姻生活非常美滿的太太說，她找到對她十分合適的先生，並不是一天兩天的事。她說，年輕的女孩子常常會喜歡一個人，愛慕一個人，崇拜一個人，這是一種純真崇高的感情，不過這並不表示她要跟那個人結婚。到了心靈成熟，準備像所有女孩一樣的組織一個家庭的時候，她為這個願望和權利所應該做的事，就是「開始」去認識一些男孩子而不是「碰到誰就得跟誰結婚」。她應該開朗而親切的去「認識」，不是像一個偉大的情人那樣立刻去戀愛。

她說，認識許多好男孩是一回事，跟許多男孩子戀愛是另一回事。「認識」，是彼此不互相侵犯的。太多的戀愛會傷害了自己。

為了組織家庭，女孩子必須找一個丈夫。為了組織家庭，男孩子必須找一個太太。這是很正當的事情。多認識幾個男孩子，可以使自己選得正確，跟一個合適的對象組織家庭。

她的理論，重點在「認識」。誠懇、開朗、親切，是認識朋友的合適的態度，她說。相反的，畏懼跟人認識，拒絕跟人認識，用乖張的態度待人，自然就永遠不會有朋友了，她說。

她的理論，也可以應用在一般人的「找朋友」上。如果你畏懼跟人認識，拒絕跟人認識，而且用不誠懇的態度待人，自然就不容易有朋友了。

如果你要找朋友，自己應該具備的基本條件是對「人」有興趣。所謂「有興趣」，指的是懂得欣賞「人」。

每一個人都有可愛的一面，也有「不適宜跟人相處」的一面。你要看得到他那可愛的一面。你欣賞一個人的可愛的一面，就像你發現一篇好文章、一本好書。

有一位長者說：『沒有兩個人是完全相同的，所以不要輕易對「人」下判斷。挑選對自己合適的人做朋友，這就夠了。你覺得不合適的人，也許正是別人所期待的理想的朋友。』

事實上，交朋友跟戀愛是非常相似的事情。一個人是不是適宜做你的朋友，是以後的事情，你必須先認識他。所謂對「人」有興趣，就是指不拒絕跟人認識。多認識幾個人，等於多幾個機會。世界上不只是你一個人需要朋友，別人也需要朋友。因此，那些機會是你的機會，同時也是別人的機會。

有一位公司經理說了一句很有趣的話：『我跟我的朋友，最初彼此都不認識。』他是一個很快樂的人，因為他有三個最好的朋友。『如果我從一起頭就不想跟他們認識，我就不會有這三個朋友了。』他說。喜歡跟人接近，用誠懇的態度待人，這樣的人往往很容易找到對自己合適的朋友。

「生死之交」是友情的最崇高的境界，但是這種事情要慢慢來。你不要剛認識一個人，就希望他是你的「生死之交」。這等於你一認識他，就想「取他性命」。朋友有「通財之雅」。這種事情也要看彼此交情的深淺。如果你剛認識一個人，就要求對方跟你有這種「通財之雅」，就等於剛認識一個人，就想「取他錢財」。

真正的朋友，彼此並不苛求。兩個互相挑剔的人，彼此早就不是朋友。有一位朋友，有一次跟我說：『你這個人缺點太多了。』然後跟我研究起要辦的事情來。我知道他是我的真正的朋友，因為他能包容我的缺點。這是福氣。

找到一個朋友並不是一件容易的事情，但是友情的破壞卻很容易發生。失去一個好朋友，是人生最大的憾事。我常常接到年輕讀者的來信，說是要告訴我一件「最慘痛的事情」。他所說的那件最慘痛的事情，就是友情的破裂，也就是跟朋友鬧翻了。

一對好朋友常常因為兩個人情緒都激動，難免要鬧一鬧。大家應該抱持的態度是「鬧過了就算了」，不必把這當作一回事。情緒的激動總有餘波，也許三天，也許五天，大家都冷卻了。雙方一冷卻，舊日的情誼也就恢復了。真正的朋友，永遠不會發生「最慘痛的事情」。我們對好朋友要有信心。

如果你還擔心，那麼你最好學習「包容」。「包容」可以讓你完全避免「最慘痛的事情」的發生。所謂包容，就是好朋友鬧脾氣，你不跟他鬧。珍惜友情的人，都知道包容的可貴。

我年輕的時候，讀了吳稚暉先生寫的一篇懷念　國父的文章。這篇文章談到　國父跟好朋友相處的態度。

國父因為看到朱執信先生留長指甲，做事很不方便，常常勸他剪掉。朱執信先生就是不肯剪。有一天，　國父拿了一把剪刀，要動手替朱執信先生剪指甲。朱執信先生大怒，用力去推國父。　國父被他猛力一推，站立不住，就不停的向後退，一直退到床邊，向後一倒，躺在床上了。

在場的吳稚暉先生以為　國父也會發怒，想不到他站了起來，只是笑著直搖頭，意思是：這種人我實在對他沒辦法！這就是我們對待好朋友應該有的態度。

朋友對一個人既然是那麼重要，我們就應該注意到「朋友的朋友」這個更複雜的關係。我們愛一個朋友，同時也要尊重朋友的朋友。如果你不尊重朋友的朋友，就等於傷害了你的朋友。這是一個「友情獨占」的問題。

許多人不喜歡看到自己的朋友還有朋友。他希望除了他自己以外，他的朋友再沒有其他的朋友。這是可能的嗎？

你的朋友的朋友，可能對你並不是合適的朋友，但是你要尊重他們，免得傷了你的朋友。不要因為看到朋友也有朋友，你就妒忌。對現代人來說，「只有一個朋友」的情況是很少見的。因為這個緣故，你千萬不要存有「獨占一個朋友」的心。你應該樂意看到你的朋友也有許多朋友，這是他快樂的根源。

在家庭裡，先生應該尊重太太的朋友，太太應該尊重先生的朋友，這是大家都已經知道的事。相反的，先生不要求太太全面接受自己的朋友，太太也不要求先生全面接受自己的朋友，只要加以尊重就夠了：這也是大家都已經知道的事情。我們對待朋友的朋友，也應該採取這樣的態度。獨占一個朋友，不能算是真正的愛朋友。

豐富人生的條件之一是要有足夠的朋友。沒有朋友的人，過的是自我封閉的日子，當然不會快樂。

友誼的最高境界是彼此相處的時候雙方都能享有心靈的自由。他們彼此沒有必須履行的條件，甚至可以相忘。他們相遇的時候迸出美麗的火花，相離的時候各有自己的光輝。就因為這個緣故，我們才說「君子之交淡如水」。

健康的病人

我有一個好朋友，生病住進了醫院，當然，這是很多年以前的事情。那一天晚上，他發高燒，但是他沒有這個「自覺」。關於這一點，我是有許多話要說的。

我接觸過的人，可以分成兩類。第一類是除了感覺，除了情緒以外，還有一個極端清醒的自我。他天生具有一種能力，能夠清醒的檢討自己的感覺，自己的情緒。這種人，就是我說的「理性人」。他是自己的醫生。他有能力追求精神上的幸福。

另外一種情形是：一個人，從來不懷疑自己的感覺，一向服從自己的情緒來辦事，他沒辦法讓自己的那個「自我」站在一邊，冷靜的檢討那感覺跟情緒的正確性跟合理性。這種人，就是我所說的「感性人」。他追求的快樂，通常不是真正的精神上的快樂。追求這種快樂，他有困難。

我的朋友住進醫院以後，發高燒，影響了他感覺上的正確。第二天早上我去看他。他已經打過針，服了藥，熱度也退了。但是他告訴我說：『昨天晚上你們是什麼意思？一大群人，站在醫院門口，又叫又鬧，又唱又笑的，吵得我不能睡。』

我說：『沒有這種事情。』

儘管他已經退了燒了，他還是說：『哼，別騙我！』他相信他的感覺從來沒發生過錯誤。如果自己的感覺還不可信，他該相信什麼？

如果換另外一個人，他很可能說：『我病了，但是你沒病。現在我告訴你一件事情，你再把真相告訴我。昨天晚上，你們這一群朋友，是不是到醫院門口來過，在那兒大吵大鬧的？』

我告訴他：『沒有這種事情。』

他就會含笑說：『一定是我發高燒，腦子裡有了幻覺。這就對了。現在總算過去了。』

他知道自己有病。他就是我所說的「健康的病人」。

醫生給病人治病，常常熱誠的告訴病人說：『你要跟我合作。』他勉勵病人做一個「健康的病人」。健康的病人，往往病好得快。

我自己是一個經驗豐富的「現代人」。我知道現代人最大的痛苦是精神的緊張，這緊張往往使我們無端的焦躁起來。這緊張的來源是現代人的生活特色：生活的多元性。

生活的多元性是好事，它使我們的生活多采多姿。可是逐漸的，這生活的多元性轉變成責任的多元性以後，就會給人一種壓力。舉一個最有趣的例子：一個人又愛打棒球，又愛打桌球，又愛打籃球，又愛打排球，又愛打羽毛球，剛起頭，他的多采多姿的生活好像好令人羨慕；但是到了他又是棒球協會幹事，又是桌球協會幹事，又是籃球協會幹事，又是排球協會幹事，又是羽毛球協會幹事的時候，他就會感覺到在「多元責任」的壓力下生活的痛苦了。

這個例子可以拿來形容現代人的生活。

交通工具的發達，通信工具的完美，使現代人過熱熱鬧鬧的生活和密度很高的生活沒有任何困難——在最起初的時候。一個人可以跟幾百個人有聯繫，一個人可以在一天裡做完古人安排在十天裡做完的事情。情況逐漸轉變，有一天，這幾百個人裡頭會有十幾個人同時要求你幫他做一件事情，一天要做的十幾件事情會有兩三件出了差錯。那個時候，壓力來了，緊張的情況也出現了。因此，一份可愛的寂寞，對現代人來說，也許正是福氣。

「寂寞」是現代人最大的奢侈。現代人寧願跟緊張焦躁做伴兒。因此，從最嚴格的「健康」含義來說，現代人都是有病的，起碼的病是緊張跟焦躁。現代人對這一點應該有自覺，應該盡量培養對山山水水的愛，應該多讀有樹林、有泉水淙淙的書。

再從一般生理的觀點來看，現代人很少是沒有病痛的。最普通的病是胃病、痔瘡、感冒、神經衰弱。現代人是堅忍的鬥士，他們有病痛的負荷，卻仍然勤奮不息，在那裡建造文明。許多很有成就的科學家，經常靠著注射胰島素度日。人類是高智慧的動物，總有一天要戰勝「濾過性病菌」，總有一天能輕易的治療各種器官病。

我們要注意的是，忍受病痛同樣的也會造成緊張。這種緊張，同樣的也會影響我們在感覺方面的正確性跟情緒方面的合理性。對於這一點，我們也需要有清醒的自覺。

現在，我要談的是這「清醒」在做人處世方面的好作用。保持這一份清醒，可以避免我們用不公平的態度待人，也可以避免我們對事情做錯誤的決定。

一個牙疼的人，對待別人的態度往往是暴躁的，不耐煩的。我們跟他接觸，都能夠保持清醒，設法不激怒他，而且還能夠寬恕他的過激言語跟過激舉動。可是我們對自己卻缺乏這種清醒。我們沒有那個習慣，自己告訴自己說：『我今天牙疼，我照樣上班來工作，這是我的美德，值得自豪。可是要小心，牙疼會使我不耐煩，會使我脾氣暴躁。如果我對這一點不保持清醒，我一定會用不公平的態度對待我的朋友，我一定會說出一些可怕的話傷害了我的朋友。』

你的朋友早就心懷好意，設法不激怒你，準備著要寬恕你，再配合你對自己的感覺和情緒的清醒，你們一定可以相處得非常和諧。你也就成為我所說的「健康的病人」了。

胃痛的人所忍受的隱隱的疼痛，成為他不自覺的情緒上的負荷。這種負荷在他休息的時候似乎容易忍受些，一旦受到干擾，不管那干擾是不是善意，都會造成他的憤怒。因此，我們都知道對待胃痛的人應該特別寬容，而且要盡量的不去干擾他，不可以拿傷腦筋的問題去使他心煩；跟他辯論，那就更不應該了。可是同樣的，我們對自己也缺乏這樣的自覺。

如果一個人是清醒的，他就會告訴自己說：『我感覺到我的胃有點兒痛，我應該特別留意才對。從品德方面說，我雖然胃不舒服，但是我卻堅忍的照常做我的工作，這是值得自豪的。從醫藥治療的觀點來看，我儘管很忙，實在應該去看醫生才對。既然還沒去，我就應該格外小心。』

他很清醒的檢討自己：『我剛剛回答的那句話，含有很大的破壞性、挑戰性。很顯然的，對一個一向待我那麼好的朋友，我根本不可能說出那樣的話，這不像我一向說話的態度。很顯然的，我會說出那樣的話來，是受我的胃病的影響。我好像是跟他作戰，其實是跟我胃部的痛苦作戰。他是他，胃是胃，我不能把這兩樣混在一起。我要清醒。我好像有點兒昏亂了。』

如果他能這樣做，他也就是我所說的「健康的病人」了。這也就是「老子」所說的「夫唯病病，是以不病」了。

一個人儘管是病了，如果他能對自己的病保持清醒，那麼，從精神的觀點來看，他仍然是一個健康的人，是一個健康的病人。

好心情

「心情」比「面貌」更能代表一個人。一個人在心情好的時候是一個好人，在心情壞的時候是一個壞人。因為心情是常變的，所以一個普普通通的人，通常都是「八點鐘的時候是一個好人，十一點的時候是一個很壞的人，下午三點又變成一個聖人，七點忽然成為一個暴君」。

一般的人都是受「心情」指揮辦事的，智慧越低的人越是這樣。當然我所說的「智慧」，並不是指「學習新事物非常容易」的那種「聰明」。我所說的「智慧」，是指「在相當程度上」能擺脫時空限制的那種「領悟力」。其實我最好還是說：越沒有慧根的人，越容易受「心情」的指揮來辦事。因此這種人常常一會兒「好」，一會兒「壞」，使你不知道應該怎麼跟他相處。

我們的心情是根據環境的刺激起變化的。好的刺激使我們的心情好，壞的刺激使我們心情壞。

一個「帶著一片好心情」高高興興去上班的人，如果半路上遇到一個討人厭的人，一口濃痰吐在他新做的西服褲子上，那麼他的心情就會一下子變得很壞。

一個心情很壞，準備「遇到誰就跟誰吵架」的人，半路上聽到太太在背後追著喊他：『你丟了的那把鑰匙我在字紙簍裡找到啦！』他那「因為丟了鑰匙，所以變得很壞的心情」，就會一下子變得很好。

「壞心情」都是容易惹禍的，因為壞心情都有「傷害傾向」，一心要傷害別人，或者傷害自己。完全聽任壞心情擺布的人，有時候甚至會毀壞了自己的人格。

怎麼樣獲得好心情？這跟一個人的智慧有關，因為經常維持好心情實在是一種「充滿智慧的好習慣」。

壞心情是由外界的壞刺激引起的，我們既然沒有力量控制外界的刺激，我們又怎能夠「經常維持好心情」呢？這個問題的答案是：我們雖然不能控制外界的刺激，但是我們可以控制「完全屬於自己」的心情。我們可以客觀的觀察自己的心情，然後設法加以控制。

沒有慧根的人，對外界的刺激非常敏感。有慧根的人，對自己心情的變化非常敏感。這是一個很要緊的區別。

有慧根的人，不管他多年輕，都能敏銳的感覺得到「不好啦，我現在心情太壞了」，或者「我現在心情很好，謝天謝地」。對自己的「心情變化」感覺非常遲鈍的人，大半是沒有慧根的人。控制心情最要緊的，就是「對自己客觀」。

「對自己客觀」並不是一件很難辦到的事，幾乎人人都辦得到。問題是一般的人，都是在惹禍惹事以後，在反省的時候，在後悔的時候，在道歉的時候，「才」對自己客觀起來。他永遠沒辦法「提早一點」，沒辦法在「一切都變得不可收拾」以前對自己客觀一點。

『我承認我當時太衝動了，所以才打斷了你的一條胳臂。我太不應該，我向你道歉。』

如果他能「早一點」知道自己是一個容易衝動的人，他的朋友的一條胳臂不是就可以保全了嗎？他不是就可以不必用「道歉」來賠人家的一條胳臂了嗎？

能控制心情的人，最後必定也能控制環境。這是當然的道理。

我見到過許多人，在遇到大變故大災禍的時候，忽然變得非常冷靜，很熱心的辦這個事辦那個事，有條有理，一點不亂。他處理禍事就像在辦喜事。

我也見過許多人，在辦喜事的時候，一會兒狂怒，一會兒罵人，一會兒要跟人打架，就像是大禍臨頭。

我見過許多人，在身體不舒服的時候，說話帶刺兒，容易動怒，鬧得周圍的人都非常不安。

我也見過許多生病的人，樣子格外和善、輕鬆、瀟灑，好像吃了什麼人參果。

我見過許多人，在吵鬧的環境裡煩躁不安，拍桌子罵人，撕紙，扔東西。

我也見過許多人，在吵鬧的環境裡含笑工作，很和氣的打電話，很高興的商量事情。

我見過許多人，在忙碌的時候對人惡聲惡氣，有心傷害別人來發洩自己的怨意。

我也見過許多人，在忙碌的時候笑咪咪的，不停的為自己待人的不周到表示歉意。

同樣的外界的刺激卻有完全相反的反應。我們可以想像得到，那個有「好心情」的人，為那一點「好心情」用過多少思想，讀過多少書，受過多少磨練！

有些父母因為自己工作忙碌，就變得嘮嘮叨叨，一天到晚埋怨孩子，但是有些父母，不管自己工作多忙碌，卻能夠跟孩子笑，能夠有好心情跟孩子下一盤棋。

一個家庭的不快樂，通常不決定在「大家喜歡拿來做藉口」的這個原因或者那個原因。一個家庭的不快樂，實際上決定在這個家庭裡經常有好心情的人太少。

人生的不幸福，也並不是因為這個遭遇那個遭遇，主要的還是因為個人有好心情的時間太少。

培養好心情是一件要緊的事，方法就是拿「壞人壞事」來做練習。當然我的理論是先假定你是一個好人。

對一個傲慢無禮的人，第一步你要先有承受他的全部傲慢無禮的度量。然後，你才能慢慢欣賞他的「傲慢無禮的藝術」。然後，你才能找出他的節奏、步驟，預測他的反應，成為研究這一類藝術的專家。到了你眼中流露出「透視一齣戲」的光彩的時候，他通常對你就不會再發生興趣，不把那「傲慢無禮」「施」在你身上了。

我的第一個原則就是：要對你所討厭的人發生興趣，或者要培養「對討厭的興趣」。根據這個原則去待人的，通常的結果是「為你討厭的人所愛」，而且你也會愛你所討厭的人。

第二個原則是對你所懼怕或者覺得厭煩的事情發生興趣，熱心去研究它。例如你事情太多做不了，而且做不了就會有嚴重的後果。對一般人來說，常見的反應不是發怒就是逃避。但是你不同，你認為這才是個「夠資格讓你研究研究」的題目。你利用這機會發揮自己的設計、安排的才能。你利用這機會研究這種「窘境」可能造成的人事問題，工作情緒問題，還有肉體和心智疲勞問題，然後你成為專家。

一個經常有好心情做好人好事的人，都不是平凡的人。好心情使人接近「幸福人生」。

我甚至認為一個人在牙疼胃痛的時候，更應該有好心情。在那種關頭，如果心情不好，不但牙會更疼，胃會更痛，而且還會惹出更使人後悔的麻煩。

綠色的垃圾車

每天下午，我下班回家，在路上走著，那部別人看不見的綠色大垃圾車就迎面開過來。司機笑著，讓車子慢下來，說：『今天有什麼東西讓我帶走？』

『沒有。謝謝你！』我說著，跟他招招手。

『真的沒有？你真不錯！那麼我走了。』他跟我點點頭，把車子開上陸橋，到翠綠的鄉野漫遊去了。

不過，我並不天天像他說的那樣：『你真不錯。』有時候我也會有點兒東西讓他帶走。

『有點兒小麻煩。你帶走吧。』我說，順手就把那「小麻煩」扔到他車上去了。

『有點兒「憤怒」，不過並不多。你帶走吧。』我說著，遠遠兒的就把那一小包「憤怒」扔過去，正好扔在他那部綠色的大車上。

『好極了！』他說。『我幫你帶走。』

我很喜歡這部綠色的大垃圾車。如果沒有這樣一部好車子，如果沒有這樣一位好司機，我每天只好把那些「垃圾」帶回家，扔在客廳裡，像我童年所做的那樣。

童年，我有好幾次哭著回家，把哭聲帶回家裡去。有好幾次，我生氣回家，把怒氣帶回家裡去。我讓家裡充滿哭聲跟怒氣。這是孩子的邏輯：「家」當然是存放這些東西的地方。每一個覺得自己的童年非常幸福的人，往往是因為他的家容得下他帶回去的這些東西，家裡有處理「孩子帶回來的垃圾」的人。

到了我自己當「父親」的時候，我發覺如果我還繼續把垃圾帶回家，家裡的垃圾就可能太多了。如果我始終是一個往家裡運垃圾的人，我就沒有心情處理孩子們搬回來的垃圾，那麼，所有的垃圾都要堆積起來像一座山，那麼一家人就要住在垃圾堆裡了。

我曾經是一個不成熟的父親，一個把垃圾往家裡搬的父親，結果，我發現孩子們都生活在我搬回去的垃圾堆裡。第一天，我搬回去一些憂慮，孩子們就在憂慮中過了一天。第二天，我搬回去一些煩躁，孩子們就在煩躁中過了一天。直到有一天，我認識了那位綠色垃圾車的司機。『有什麼東西讓我帶走？』他說。

一個人不可能永遠處在順境中，總會遇到一些不如意的事，總會遇到一些不懂道理的人，但是這些「東西」不必往家裡搬像搬運垃圾。每天你回家，打開家門，門框像畫框，畫框裡那一幅畫像，應該是一幅快樂的人的畫像。你應該像一個有信心的人那樣，在畫框裡含笑說：『我回來啦！快過來歡迎我！』

你不應該像一個「不定時炸彈」，陰森森的，鬼魂似的，帶有「一觸即發」的可能，從畫框裡走出來，走進你的家。你把垃圾帶回家裡，希望「希望得到你的愛護的人」來替你處理。你像一個不成熟的孩子。許多覺得家庭不幸福的人，他的真正的感覺是：『家裡這部垃圾車不夠好。我應該有一個更好的家——更好的堆垃圾的地方。』這種人，心中並沒有「我是一個高貴的清潔工人」的自覺。

一個人在家裡訴苦，在家裡大發脾氣，並不犯法，只是太愚蠢。他為什麼要把這些「髒東西」弄到家裡來？他為什麼不把這些髒東西交給那部綠色的大垃圾車？

我讀過一個「失業人」的有趣味的故事：

他失業了，可是太太跟孩子並不知道，因爲他每天仍然照舊去「上班」。他已經失業，因此上班用不著擠公共汽車，而且可以在馬路上走得很慢。他已經沒有「老闆」這種拖累，所以路上遇到熟人也就有了「關懷朋友」的充裕時間。他很熱心的「義務幫忙」朋友做事，許多朋友爲了答謝他，請他吃飯。他雖然失業，可是仍然每天很忙，一個月不滿，他已經成爲「職業散工」。他對這新鮮工作興趣正濃，可惜身不由己的又找到了固定職業。

他每天上班，每天下班。太太始終不知道他「失過業」，也不知道他是「失業然後又就業」。直到他又領到「固定收入」那天，他才決定讓他的「歷險記」進入家門。這「歷險記」是可以令一家人驚喜的，並不是對家庭生活有害的「垃圾」。他失業，可是太太跟孩子並沒受過什麼「精神上的折磨」。帶不帶垃圾回家，控制在他手裡。

他的生活哲學跟別人的生活哲學，只有一點點不同。他的生活哲學是：遇到困難，就設法去克服。別人的生活哲學是：遇到困難，先折磨太太跟孩子，然後再設法去克服。區別就只有這麼一點點。

另外還有一個容易堆垃圾的地方。這個地方跟我們的關係，差不多就跟「家」一樣的密切。那就是我們的辦公廳，我們工作的地方。

有許多愛家的人，懂得不往家裡搬垃圾的道理，因此，他把心中的垃圾大量往工作的地方搬，甚至自己以為很聰明的，把家裡的垃圾也往工作的地方運。結果是他，還有他的工作同伴，只好整天在垃圾堆裡工作。

一個做事的機構，往往被人形容成「機器」。機器，不錯，不過大家忘了這機器並不是那機器。這機器是「智慧的機器」，是可以「自我調整」的機器，是死腦筋的電腦沒法子相比的。這機器裡的每一個零件，每一根螺絲釘，都不是鐵鑄的，都是用「智慧」鑄成的。這機器的構成，是一種「智慧跟智慧的搭配」。人間只有這樣的機器是唯一的具有美感的。這機器是製造一切機器的機器。只有這機器，才能夠決定製造不製造某一部鋼鐵機器。只有這機器，才能夠決定某一部鋼鐵機器需要不需要再改良。這機器不是鋼鐵的結合。它是人的結合，智慧的結合。

每天，你打開辦公廳的門，門框像畫框，畫框裡也有一幅你的畫像。你在門框裡成為畫像的時候，全辦公廳裡的人都會抬頭看那一幅人像畫。大家都希望「畫中人」是一個出色的角色，是一個精力充沛，有足夠的冷靜和熱心可以克服任何困難的人。「任何困難」，不錯。任何困難都可以，而且必須，用理性跟耐心來克服。辦公廳就是這樣的一個地方。

辦公廳氣氛的美好不美好，仍然決定在這一群工作的人帶進來的是什麼？

我每天上班的時候，路上也會遇見一部別人看不見的綠色垃圾車迎面開來。滿臉笑容的司機會先讓車子慢下來，然後打招呼說：『早啊！今天有什麼東西讓我帶走？』

『沒有。謝謝。』我會這樣跟他說。

當然並不是天天都一個樣兒。也許有一天，我會跟他說：『這兒有一點「焦躁」，麻煩你帶走吧！』順手就把那一小包「焦躁」扔進車子裡去。

也許有一天，我會跟他說：『這兒有一點兒「憂慮」，麻煩你了！』瞄準好，把那一小包「憂慮」往他車上一扔。

不管怎麼樣，我不以為把「情緒垃圾」帶進我工作的地方是聰明的。我會把我的工作環境弄得很髒。我會使我的身體變得很不健康。

每一個人，每天都高高興興的回家，高高興興的上班，毫無例外，這是可能的嗎？

這個問題，對我毫無意義，因為每天心情惡劣的回到氣氛很壞的家，每天心情惡劣的走進氣氛很壞的辦公廳，誰吃得消？改變一個家跟改變一個辦公廳的唯一方法，就是不把垃圾往這兩個好地方搬。

一個人要活得幸福，第一件事就是要學聰明，學習那跟幸福有關的「聰明」。

如果今天你在辦公廳裡受了氣（要是真有這種事的話），回家看到太太跟孩子，你應該含笑說：『今天在路上看到有人賣麻花兒，東西很不錯，所以買了一點兒回來，大家嚐嚐。』你把麻花兒拿出來，讓孩子們過來「搶籃球」。

如果今天你在家裡受了氣（要是真有這種事的話），走進辦公廳，看到待你親切的同事，你應該說：『昨天我們討論的那個問題，現在我想出一個辦法來了。你們聽聽看行不行。』你含笑提出了你的看法。

那麼，那些堵在胸口上，使人難受的東西怎麼辦？總得找幾個倒楣的人來發洩發洩啊。如果你真那麼辦，你很快的就會有「好日子」過了——一個氣氛惡劣的家，一個氣氛惡劣的工作環境。

你應該去找那部綠色的大垃圾車。你應該去認識那位和善的司機。

笑使你年輕

今天的你比明天的你年輕。從這個觀點來看，每一個人，包括所有由二十歲到一百歲的人在內，今天都是一個年輕人。

可惜的是，大多數的人都喜歡向後看，拿今天的我去跟十年前的我相比——面向西方怎麼看得見朝陽？

我們的身體長期暴露在大氣中，不知道要承受多少由大自然引發的物理作用和化學作用的侵蝕，當然會產生「風化」現象。風化就是老，這個「老」卻含有長期跟大氣對抗的強韌意味，像一座大山一樣，值得自豪。

不過，人畢竟是人，除了物理世界和化學世界以外，還生活在一個廣闊的心靈世界中。有許多人明明生活在心靈世界之中，卻不承認心靈世界的存在，因為他把「心靈」當作「心臟」，認為心臟太小，根本住不進去一個人。心靈世界裡有山有水，只要山長青，水長綠，就能永保清新氣象。心靈世界如果失去了活潑和生機，就會出現另一種「老」。這種「老」會使生命失去光彩，並不值得自豪。

這也就是說，一個人經歷的歲月越長久，外表風化的程度也越顯著。他甚至可以形同槁木，卻仍然令人起敬。但是，他的內心世界卻不可以如同死灰。因此，「防老」就成為所有「從二十歲到一百歲」的人共同的課題。防老就是保持年輕。保持年輕就是防老。

有一句有趣的「防老」雙關語說：『養兒不能防老，笑口常開才能防老。』這句有趣的話說明了笑對防老的作用。

應用心理學裡有一個「互為因果」法則：內心的愉快會使人發出又純又真的微笑；如果把這微笑當作一個動作，那麼，做出這個動作也會造成內心的愉快。有一個脾氣急躁的人發怒說：『我內心並不愉快，叫我怎麼保持臉上的笑容？』其實，永遠保持臉上的笑容，目的正是要化解內心的不愉快。

歲月儘管可以造成我們外表的風化，卻無法限制我們微笑。所以開過的花也許會老，但是開花就是開花，並沒有開一朵老花的童話說法。微笑就是微笑，微笑裡沒有老少。微笑可以突破年齡的限制，微笑中沒有歲月的差異。一個一百歲的人瑞，在微笑中等於跟嬰兒同歲。

所有從二十歲到一百歲的人，在微笑的時候所顯示出來的年齡是一種「微笑年齡」。微笑年齡是一種「和諧年齡」。和諧年齡呈現的是生命本質的美，你可以同時看到嬰兒的純真、青年人的熱誠、長者的智慧和成熟。我們接受一個微笑像接受一道光，在這一道光中只有光，任何一種年齡都在這一道光中化成光。

保持年輕可以防老。防老的唯一訣竅就是不對笑荒疏，不忘記笑。

心理學裡還有一個「習慣反應」的法則。

有一位很有意思的朋友說起他娶太太的故事。他說，所有的女孩子如果摔了一跤，那反應不是皺眉，就是掉淚，再不然就是噘著嘴生氣。有一次，他看到一個女孩子摔了跤，卻坐在地上笑得很開心，竟使他忍不住也跟著笑了。他很有禮貌的伸手想幫助她。女孩子說：『謝謝，我自己來。』就像文言文所說的「一躍而起」，笑咪咪的站起來撲裙子。

他們互相認識以後，有一天他忍不住問那個女孩子為什麼修養那麼好，摔了跤還能笑。女孩子說：『修養？太言重了。這只是我們家的習慣。小時候，我只要聽到家裡有突然來的笑聲，就知道有人摔跤了，也就跟著笑。我爺爺、奶奶摔了跤就笑。我父親、母親也是這樣。你想，我還能有別的反應嗎？不過，我也得承認，因為笑的緣故，我們家多少也改變了摔跤的性質——把它看成「好笑」的事，不是「好哭」的事了。』

就這樣，他娶了這個能化「嚴重情況」為「開心情況」的女孩子，組織了一個充滿笑聲的家庭。

既然我們對刺激的反應總是循著一條習慣的路子，那麼，我們就可以設法把某些不佳的反應加以改變，用微笑來取代它，培養一些新的習慣。一般人對於他要搭的那班火車誤了點的反應是皺眉，現在你可以試著用「微笑反應」來取代「皺眉反應」。習慣養成以後，一旦再遇到火車誤點，你就可以含笑的跟你的同伴說：『真洩氣，這班火車又誤點了。』

如果你能這樣做，你就是把你的同伴當同伴看待，而不是把他看成誤點的火車。火車誤點是火車的不對，你不該對你的同伴皺眉。一個人如果不注意這一點，他慢慢的就會發現願意跟他結伴旅行的朋友越來越少，因為大家都不願意替誤點的火車受過，不願意看到有人皺著眉跟他說話。

一個人遇到不痛快的事情當然笑不出來，但是遇到好朋友卻不該笑不出來。如果你笑不出來，你的朋友既然不知道「那件事」，就會以為你是不把他當一回事。你的朋友既然不是「那件事」，你就不該給他難看的臉色看。

這樣說起來，面對不愉快的事情卻仍然能夠保持臉上的笑容就顯得很有必要了——因為你仍然希望能夠和氣的對待你的朋友。請不要以「矯情」來批評遇到嚴重情況仍然能夠面帶笑容招呼朋友的人。

我們一生總會遇到一些失敗，一些失意，一些失望，一些失利。如果我們面對那種情況仍然能以微笑來反應，那實在是一件很好的事情。這就等於說，我們在失敗、失意、失望、失利的情況中，仍然可以保持年輕。

任何年齡的人，在笑的時候就會變成年輕人。任何年齡的人，在內心愉快的時候，歲數就會失蹤。

有一個很有孝心的年輕人說：『我爺爺在笑的時候一下子變得很年輕。』又說：『你知道老萊子為什麼要逗年老的父母笑嗎？因為他要讓父母永遠保持年輕。』

儘管我們可以運用心理學上的「互為因果」法則和「習慣反應」法則來使我們永遠不失去笑容，但是也不要否認只有內心真正愉快所發出的笑，才是最自然的笑。

一個人，遭遇到不愉快的事情，內心卻覺得十分愉快：這是可能的嗎？答案全在你對「不愉快的事情」怎麼認定。

如果你夠清醒，夠熱誠，你就很可能把別人認為不愉快的事情看得平淡，繼續頤養自己快樂的天性。

如果你夠清醒，你就能分辨出你是你，不愉快的事情是不愉快的事情，彼此是兩回事。你會懂得不讓不愉快的事情傷害你。你會極力避免和不愉快的事情合力，助長它的氣燄，一起來加害你自己。你會把它擋在大門外。你會覺得：好好兒的解決問題，確實比傷害自己好得多。因為這個緣故，你保全了自己的快樂。因為這個緣故，你像平日那樣的面帶笑容就不是一件不自然的事情了。因為這個緣故，你仍然是朋友們喜樂的泉源，繼續享受你豐富的人生。

再說熱誠：

有些事情，我們遭遇到了，內心並不覺得怎麼不愉快。但是，別人因為對你關心和同情，偏偏認定那是一件嚴重的事情。那關心和同情往往形成一種壓力，強化了那不愉快，使你不由自主的，被人牽著鼻子走似的，也跟著不愉快起來了。

如果你夠熱誠，一旦遇到這種情況，你就會倒過來安慰那些關心你、同情你的人，設法使他們安心。在這一番努力當中，你不知不覺的肯定了自己，否定了不愉快。你會像一個從大火裡平安無事走出來的人那樣的令人驚異。你保全了你的快樂。

因此，我們可以說：對於「不愉快的事情」的認定，固然有一個共認的公式可以依循，但是這公式中有一個極為活躍的「變數」，那就是你自己！這一番討論使我們了解笑的種種可能，但是「保持內心的愉快」才是真正的主題。

有一個杜撰的故事說，秦始皇有一天問徐福怎麼樣才能夠長生不老。徐福回答說要「臉上含笑威不露」。秦始皇說他不懂得怎麼笑法。

徐福就壯著膽子抬頭向秦始皇微笑，並且說：『像這樣。』

秦始皇勉強學了一下，可是那猙獰的樣子把徐福嚇得膽裂。徐福只好又改口說：『要保持內心的平安愉快。』

秦始皇用尖銳刺耳的聲音責備徐福說：『你這個可惡的方士，我沒叫你來擺布我。』

徐福膽戰心驚的說：『皇帝不願求諸己，就只有求諸神仙了。』

秦始皇說：『神仙能把我怎麼樣？』

徐福說：『神仙能給皇帝仙藥吃，讓皇帝內心愉快。』

秦始皇說：『我不要什麼內心愉快。我只要長生不老。神仙在哪裡？』

徐福已經存有逃亡的念頭，所以就用白話文回答說：『在遙遠的海上。』

其實神仙就住在我們的心裡。他能給的長生不老之藥就是笑，只要我們能常常服用，就可以長生不老。

也許這世界上仍然有許多人像秦始皇一樣想笑卻笑不出來，但是我們都比秦始皇好得多。秦始皇沒有一個值得他敬愛的好朋友，我們卻有許多值得敬愛的好朋友。那麼，不管笑是多麼艱難，對可敬可愛的好朋友笑一笑總是一件非常自然的事情。如果你是一個不常笑的人，你仍然可以找到一個使自己笑口常開的方法，那就是多和可敬可愛的朋友接近——只要動動你的腳。

每一個人都應該了解下面的事實，如果不了解也可以拿鏡子來做實驗，那就是：在你笑的時候，你的臉上會發出長生不老的光輝。

一小時和一生

有一位我們現在叫作精神科大夫的心理醫師，注意到一個十三歲小男孩的特殊情況：面對課本和作業簿的時候，呵欠連連，一陣一陣的打瞌睡，覺得自己再不好好兒的睡一覺，一場大病是免不了的。可是，一聽到母親憐憫的同意讓他休息一晚上，暫時不做功課，就一下子變得精神百倍，又是彈吉他，又是唱民歌，又是畫圖畫，又是給同學寫長長的信，一直鬧到深更半夜還不肯去睡。

這個小男孩的特殊情況是：並不疲倦的時候卻覺得十分疲倦，應該是十分疲倦的時候卻一點兒也不疲倦。不該疲倦卻覺得疲倦是「厭煩」，該疲倦卻不疲倦是「興致」。厭煩會使一個強壯的人變成病夫，興致會使一個衰弱的人產生驚人的精力。

前面所提到的那位醫師，對小男孩的母親提了一個建議。醫師說：『你應該先打破心中對孩子的一個偏見。孩子從學校回到家裡，你先不要認為孩子已經在外面「野」了一天了，所以一進門就要立刻收心，開始做功課。你應該倒過來想，孩子已經在教室裡關了一整天了，連一分鐘玩兒的時間都沒有。現在既然已經回到家了，就應該設法給他一點補償。你告訴他，你要給他一小時的時間，讓他可以「做自己最愛做的事情」。這一個小時該從幾點鐘開始，完全由他自己選擇，自己去安排，不怕每天都有變化。』

母親聽了，不禁對自己的兒子能享受那樣的優待有些羨慕，同時也為自己抱不平。她每天從早忙到晚，一分鐘也不能休息，卻從來沒聽人說過她也應該有點補償。她想，她所能期待的補償恐怕只有兒子將來的「揚名顯親」了。可是一看到兒子一拿起課本就打瞌睡，她覺得她所期待的補償也很渺茫。她忍不住的對醫師說：『這似乎不很公平。我勞苦終日，難道就不應該得到補償嗎？』

醫師說：『你當然也可以得到補償。』

母親說：『我的補償是什麼？』

醫師反問她說：『我們現在不談家事，我只問你一句話，你最喜歡做的事情是什麼？』

母親說：『種種花呀。家裡的幾盆花早已經枯死了。』

醫師說：『你每天也可以有一小時照料花木的時間啊！這是合情合理的。』

母親說：『真的？』

醫師說：『真的。』

那個愛彈吉他、愛唱歌的可愛男孩兒，依他母親原先的想法，至少還要忍受十年單調乏味的生活，才能有機會去碰碰他的吉他。現在，他天天都可以彈琴唱歌了。一天只玩一小時，用粗俗一點的話來說，當然「不過癮」。但是，他還有明天，對明天有一種期待，日子就不會過得那麼乏味了。一天一小時的滿足，連綴成一生的滿足。

那位喜愛種花的母親，依自己原先的想法，大概只有忍受一輩子單調乏味的生活了。現在，她天天可以照料花木，興致很高，生活態度也變得積極，充滿期待。一天照料花木一小時，時間當然不一定夠，但是她還可以期待明天。一天一小時的滿足，連綴成一輩子的滿足。

有一個在國中念書的學生，對學校裡各種科目都有學習的興趣，但是他喜歡慢一點、自然一點的學法。換句話說，他對於學校裡為了充實學生參加聯考「戰力」所採取的「鞭策」「驅策」的措施非常不滿意。他尤其喜歡學習英語，喜歡讀讀短短的英文故事。但是，用他的話來說，學校裡正在「大搞」艱深玄奧的文法，「猛考」艱深玄奧的文法，使他不得不把全部心力用來死背考題的標準答案，一背背到深夜，根本沒有時間讓他好好兒讀英文。因為這個緣故，他決定退學，好在家好好兒讀書。

一位長輩勸告他說：學校教育有學校教育的好處，更何況一個「大丈夫」也應該有「別人熬得過來、捱得下去，我也熬得過來、捱得下去」的氣概；只要懂得安排，每天撥出一點時間去「讀讀短短的英文故事」，一切就都沒有問題了。

慘烈或激烈的競爭或鬥爭，必然會破壞常態。升學競爭也具有這種性質。學校為學生所提供的「一日份」考前作業，不要說一個晚上背不完，就是十個晚上也背不完。學生為不能過正常安定的學習生活覺得痛苦，學校也為不能實施正常有效的教學覺得痛苦。儘管是這樣，學生每天在千難萬難中擠出一小時的時間來享受高高興興的學習、自自然然的學習、堂堂正正的學習，並不是不可能。

這個本來想退學的國中生，聽從了長輩的指引，果然覺得日子過起來有意思多了。他天天都有一小時的時間聚精會神的「研究自己的英文」，英文漸漸有了進步，對那些「高深玄奧的英文法」也有了不少的體會。

克服厭煩有許多方法，不過那方法要靠自己去想。

有一句話說：『幹一行，怨一行。』意思是每一種行業都有苦處。因為這個緣故，每一種行業都有人患「職業病」。職業病裡最顯著的病徵就是厭煩。不過，我們也不要完全相信各種行業裡不可能有「幹得很起勁的人」。在我們這個世界上，

「幹一行，愛一行」的人仍然不少。這種幸福人的特徵是：能把工作看成一種樂趣。既然是一種樂趣，自然就永不厭煩。

有一個故事說：

有一位清潔工，擔任的工作是洗廁所。這是大多數人都厭惡的工作。但是他不同，他把消除髒臭當作一種戰爭，而且一心一意要打贏這一仗。他總是勝利的，因此這工作給了他無窮的樂趣。

起初他接的工作是管理一間「黃黃臭臭」的廁所。爲了去除黃垢，去除臭味，耗去了他不少心力。他打贏了這一仗。他使原先「黃黃臭臭」的廁所變成相當乾淨的廁所。唯一的遺憾是：這廁所已經老舊，原有的設備早都腐蝕老化。他要求「擁有這個廁所」的公司更新設備，公司的經理卻不熱心，說了一句使他傷心的話：『反正是廁所嘛，你已經把它弄得夠乾淨了。更新，我看不必了。我倒是應該謝謝你才對。』

後來，他接管了另外一家公司的全新的廁所，白得發亮的廁所。這一回，他高興極了，因爲他有機會讓廁所成爲一座建築物裡最乾淨的地方了。他有一個主張：『在最乾淨的地方大便才有意思。』

他有許多工具和用品：橡皮手套、塑膠掃帚、拖把、強力去污粉、刷子、抹布、夾子、消毒藥水、香水等等。他懂得清理嘔吐物和弄髒而拋棄了的衣物的方法，清理膿血像老練的護士，能迅速處理瀉肚的人弄髒了的便池。他並不厭惡「人」，因此也不厭惡髒東西。「再髒的東西也是從我們乾乾淨淨的身體裡跑出來的」，「要緊的是立刻清理」：他並不瞧不起「人」。

他弄出一個「白白香香」的廁所來，像打了一場勝仗。他不需要表揚，也不希罕別人把他列入什麼「偉大的小人物」專欄鄭重報導。他打的是自己美好的仗。他不髒不臭，而且是：最乾淨的人在最乾淨的環境裡工作。

把工作看成一種樂趣的人是有福的。不過，這並不是大多數的人做得到的。大多數的人都不喜歡工作，並不把工作本身當作一種樂趣。我們最尋常的想法是：工作本身並沒有多少意義，只有工作所能為我們帶來的收穫才有意義。我們有理由說：既然大家的想法都是這樣，我們就不必對這種想法加以苛責。事實上，這種「大家的想法」也能造成社會的進步。我們幾乎不能不承認，牢固的「報酬」觀念正是社會進步的基本動力。「多賣力氣多賺錢」，未嘗不是一個公平的法則。依循這樣的法則，一個人因為大賣力氣而賺了大錢，他的精神境界雖然不如前面所提到的那位清潔工，但是一樣可以獲得內心的滿足，感覺到人生的豐美。

問題是，所謂「工作」，從深遠處看，都含有「對群體活動的參與」的基本性質，不能純粹解釋成「個人的行為」。「選擇」是可能的，不過那機會不是無限的；「選擇」是可能的，但是都有相對的條件。我們到底是「選擇」還是「被選擇」，很難分得清。「厭煩」的危機處處存在。

厭煩就厭煩，誰能不工作？這種想法是合理的，只是不能使我們獲得幸福的人生。這會使我們面臨「無奈」。

「樂趣」的品嘗，屬於個人的自由選擇。我們在品嘗一種樂趣的時候，並不計較辛苦不辛苦。有一位網球打得好的職員說：『打網球比我的工作辛苦十倍，也使我快樂十倍。』

我們討論的是：

我們如果不能像前面所提到的那位清潔工，把任何工作都當作一種樂趣，或者，也不能獲得一種多賣力氣就可以多賺錢的好差事，那麼，我們仍然可以獲得人生的幸福，只要我們懂得讓自己每天有一小時品嘗樂趣的機會。

合理的期待是：每天精神上的滿足，使我們也把工作做得更好。一小時雖然很短暫，也能改善我們的一生。

讓人家知道

每一個人，一生總會有好幾次，發現自己忽然陷入極端嚴重的局勢中。在事情爆發以前，或者在事情爆發以後，他心中都會懷著極大的恐懼，感覺到自己的虛弱昏亂，好像就要死去一樣。那時候，他該怎麼辦？

他會想：『我懂。遇到這種情況，一個人應該堅強的站起來，面對危險和困難，沉著的去應付——可是我做得到嗎？我又憂慮，又害怕；又害怕，又憂慮。我該怎麼辦？』

每一個人，遇到這樣的時刻，儘管也可以裝作沒事人兒似的，但是他的情緒必定會呈現高度緊張狀態。這狀態，隨時會給他帶來更多新的困擾，新的危險。換句話說，他會擴大事件的嚴重性，到了無法收拾的程度。

為什麼他會這樣呢？這個問題的答案是：在事情還沒到完全不可收拾的時候，他已經先感覺到事情的不可收拾；就因為他已經感覺到事情的不可收拾，所以才把事情弄得真的不可收拾。

大家都知道憂慮會傷害一個人，可是忽略了為憂慮所傷害的人也會傷害他周圍的人。因此，我們有理由說，憂慮不只是個人的問題，同時也是一個群體安全的問題，值得提出來大家共同討論。

有一個故事說，有一個體力很差的人報名參加登山隊。第一天，登山隊的行程是從城裡搭火車到一座大山的山腳下。在這一段行程中，他表現得跟一般人沒有什麼兩樣。可是當天晚上，嚮導在旅館的飯廳裡對全體隊員宣布明天就要開始爬山的時候，有人問嚮導山路好走不好走。嚮導回答說：『我們是登山隊呀！城裡的大馬路最好走。』隊員聽了，沒有一個不哈哈大笑。只有那個體力很差的人笑不出來。他悄悄走出飯廳，回到自己的房間，憂慮得整夜睡不著覺。

第二天早上，他臉色蒼白的去找登山隊的隊長。『我退出。』他說。隊長看了看他蒼白的臉色，很同情的點點頭說：『好，你退出吧。』

一個人的憂慮，跟自己的強弱有很大的關係。有些事情，確實相當嚴重，但是對一個強人來說，卻算不了什麼。有些事情，實在算不了什麼，但是對一個軟弱的人來說，卻是嚴重得不得了。值得我們關心的是，軟弱的人，有什麼辦法可以獲得力量，使自己變得相當堅強。關於這一點，有一個很有意義的故事，叫作〈讓人家知道〉。這故事提供了一個相當有效的方法。

有一個大學工讀生，父親已經去世，所以他必須賺錢奉養母親，照顧一弟一妹的生活和學業。他清晨送報，白天聽課，夜裡在一家報館上夜班。他的精力已經耗盡，因此對於學校的課業只好採取拖延的「明天政策」，在深夜端起書本打呵欠的時候，告訴自己說：『明天再說吧。』

在期中考，他所選的課全部不及格，因爲他在一天二十四小時中根本找不到一個可以讓他靜下來用功的時刻。送報是要耗體力的，夜裡的校對工作是要聚精會神的，白天聽課又是不能不到的。他在緊張中度日，覺得自己越來越支持不下去，偏偏期末考的日期又近了。這一次，如果他所選的課全部被「當掉」，就要面臨退學的厄運。他總得有時間看看書，不能整天轉磨似的忙個不停。

那麼，他是不是可以辭掉送報的工作不幹，利用清晨來讀書，或者，辭掉夜間的工作不幹，利用靜夜來讀書呢？答案是：不行。眼前的收入，只能勉強維持他一家的開支，辭掉任何一件工作，都會使他的生活陷入困境。

他越來越憂慮，情緒也越來越緊張。清晨送報的時候，他開始跟說話不中聽的訂户頂嘴。憤怒的訂户恐嚇著要停報，只差沒有實行。夜裡到報館上班，他開始覺得無法承受編輯部和排字房加在他身上的壓力。他開始對同事發出抱怨，爲小事跟同事吵架。

有一天，他深夜下班騎腳踏車回家，車鏈子斷了。很運氣的，他發現一向跟他關係良好的腳踏車店老闆還沒睡，店門雖然關上了，可是裡面卻閃耀著輝煌的燈光。老闆一向欣賞他勤奮向上，在修理車鏈的時候順便親切的問問他的近況。

他突然有一種溫暖的感覺。『我找到了。』他想。原來他想找的是一個關心他的人。在開口回答以前，他有一個決定：『我只是讓這個好老闆「知道」。我並不是訴苦，也不是求他幫助。我的憂慮和恐懼，還是應該由我一個人承擔。』

這眞是一個了不起的決定。

他很誠懇的把自己的遭遇和爲難告訴了老闆。他的最後一句話是：『你既然問我，我就讓你知道。所有的事情，我會自己承擔。』

老闆說：『關於你的事情，我倒想起了一個好辦法。你去找兩個替手，一個幫你送報，一個幫你校對，各做一個月。這兩個工作，你都請一個月的長假。你利用這一個月的時間，早晚用功，準備考試，跟別的學生一樣！』

他笑著說：『辦法倒很好，可是你把我們一家人的生活給忘了。』

『我沒忘。』老闆說。『我借給你錢。』

他說：『可是我沒有能力還你錢啊。』

『不用愁。』老闆說。『一放暑假，學校不上課了，你就來我這小店做工，算是還我這一筆債。』

『我想想看再說。』他忽然變得開朗起來。

從那一天開始，他就不再拒絕朋友的關心。他讓朋友「知道」他的困境，不再跟朋友吵架，賭氣。朋友們所提供的好辦法越來越多，只等他去選擇。

報紙的訂戶，發現這突然變得滿臉怒意、喜歡頂嘴的純良的送報生，突然又變得親切和氣，容易相處，因此也打消了停報的報復意圖。

報館裡的夜間同事，發現這使編輯部充滿緊張氣氛的工讀生，一下子又變成一個可以開開玩笑的好同事了。大家的感覺是：一場就要來臨的雷陣雨，一下子忽然消失得無影無蹤。這個年輕的工讀生，很勤奮的讀完了大學，後來又修畢碩士班的課程，找到了一份他覺得滿意的工作——在大學裡教書。

遭遇到困難，或者面臨災禍，就哭哭啼啼的，見了誰就找誰訴苦，並不是一個很好的辦法。這種作法，不但會惹人討厭，使人逃避，而且連心中僅存的一絲絲勇氣的火花也會被自己澆滅。可是，「讓人家知道」就完全不同了。

「讓人家知道」並不是要去求人。你的基本態度是完全免除朋友的責任的。朋友知道了你的情況以後，可以不幫助你，因為他們並不一定有能力幫助你。何況，你早就表明，你是準備好了獨自去承擔一切災難的。用最強烈的語言來說明「讓人家知道」的真正含義，那就是：訣別！你在慷慨赴義，從事決戰以前，對你平日親近的朋友不能不有所交代。這裡頭含有不對朋友隱藏自己的成分，也含有勇氣的成分。

因此，「讓人家知道」的第一個良好作用是提升自己的勇氣。第二個良好作用是獲得心靈的平靜，因為你對所有的好朋友都有了一個交代。第三個良好作用是使自己不再昏亂，趨向客觀，同時也讓朋友有糾正你的錯誤的機會——如果一切的事情都是你的錯誤想法所造成的話。

現在，我們再換一個不同的，或者說，相反的角度來看這件事情。假定有一天，有一個你喜歡的朋友忽然來看你，告訴你他最近所遭遇到的無法解決的問題。那個朋友把事情說完了以後，鄭重的跟你握手說：『再見，我走了！』你是不是會格外覺得你朋友的態度十分公平？

他並不無端的在你的肩膀安上無窮無盡的責任，簡直等於他的一切災禍都是你一手造成的，以致引起了你的憤怒。他也不對你進行恐嚇，暗示著如果你「見死不救」，一切的後果都要歸你負責。他也不讓你不安，如果你真的很忙，聽過就算，儘管去忙你自己的事。他並不認為這就是你的不義。他完全沒有拉你下水的企圖，只是讓你看清他心中的池水。你會覺得，聽過他的一番話以後，你忽然變得十分清醒客觀，自己似乎也可以有些好意見可以提出來商量商量。

一個人所以樂意幫助別人，是因為他在不受恐嚇、不被要挾的情況下發現了自己的力量。如果你以一種要別人「戴罪立功」的態度去尋求幫助，別人所關心的恐怕是表明自己的無罪而不是立刻伸手幫助你。「讓別人知道」不是訴苦，因為這態度不帶一點脅迫性，也不帶一點依賴性。

一個人遭遇到困難，或者陷身在一種嚴重的情況中，必定會因為憂慮和恐懼，使自己的情緒變得十分緊張，像一根繃得很緊隨時可斷的紘。那根紘如果斷了，就等於在自己面臨的無法承擔的災禍以外，又招來了一場新災禍。解除這種緊張的最好辦法之一，就是以「讓人家知道」的公平態度，找個人談談。要緊的是，他所找的那個人，最好是對他十分關心的朋友，或者是他所尊敬的朋友——不是找到誰就抓住誰訴苦的那種方式。

我們說過，「讓人家知道」，本質上不是求助，而是對最親近的朋友、最敬愛的朋友應有的交代。一個人因為憂慮、恐懼而情緒變得十分緊張的時候，實在不應該「隱藏自己」。他最好對朋友們有個交代，讓朋友知道他的情況。如果他這樣做了，就會發現自己的憂慮和恐懼好像突然減輕了許多。他似乎再也保不住「煩躁」和「憂鬱」，心情上有一種傾向開朗的趨勢。

如果他最敬愛的，最信任的，最親近的朋友們，偏偏不肯聽過就算，偏偏要紛紛提供援助的話，那麼，他想抗拒「開朗」，恐怕也辦不到了。

開朗的心情，是人人應享的人生權利。

欣賞生活

有一個小水電行的老闆告訴他的太太說：『每天總是這麼忙，連個休息的時間也沒有，我心裡實在煩死了！』

賢慧的太太拿出一本銀行存摺來，指著上面的六位數字說：『你看，到昨天爲止，這幾年你已經忙出七十一萬來了！』

『眞的啊？』老闆很吃驚的樣子說。

『有意思！』老闆又說。

積蓄的增加，使水電行老闆看到「煩死了」的另一面。他找到了「一天忙到晚」的積極意義。那也就是說，在不久的將來，他就可以買一輛運材料的小汽車，可以雇一個助手，可以擴充店面，還可以承包更大的水電工程，大大的改善眼前的境況。他因為開心，晚飯吃得特別多，覺得自己所過的日子是很有意思的日子。

這個小小的故事，使我們知道「厭煩」是可以克服的。一個人，一旦發現他所厭煩的，可以通往他所嚮往的目標，那麼，他就有力量克服內心的厭煩。

由這個故事作更深入的觀察，我們還可以發現一個更重要的事實，那就是所謂「目標的達到」，往往不是一下子的事。要靠一點一滴的努力，要靠慢慢的積聚。這積聚又像積聚資金一樣，在剛起頭兒似乎十分困難，十分吃力，但是有了相當成績以後，它本身就會「生利息」，連本帶利，越滾越多，越滾越快，造成豐收。

這個「積聚原則」，是豐富人生的一個重要原則。

有一個收入微薄的職員，平日工作非常勤奮，而且從來不跟人計較待遇。他的同事一個一個的都升了，收入也增加了，只有他還是跟原先一樣，每個月領到的，仍然是那個「老數目」。更令人吃驚的是，甚至連那個「老數目」究竟是多少，他也弄不清。他只知道每月領到了薪水，立刻就移交給太太，連數都不數一數。

十幾年來，他一直是這個樣子，工作十分勤奮，永不計較待遇。他的這種工作態度，當然最讓上司寬心；不只是寬心，簡直是有些不忍；不只是不忍，簡直是心發癢，很想找個機會暗示他也應該為自己的好處出來爭一爭。可是，他一直還是那個聖人的樣子，不但不為自己難過，反而像是日子過得比誰都快樂似的。

有一次，有一個同事為了爭取「更合理的待遇」跟公司發生了衝突，決心離開。「不計較待遇」先生捨不得跟這個「爭取合理待遇」先生分手，就特地請「爭取合理待遇」先生去喝咖啡。

「爭取合理待遇」先生罵「不計較待遇」先生說：『大傻瓜，跟我一起走！我會負責替你找一份合理的待遇。』

沒想到「不計較待遇」先生竟說：『像你這樣的人當然應該走，你的快樂全在待遇上頭。我跟你不一樣，我的快樂全在郵票上頭。』

他喜歡集郵，已經是一個有相當成績的集郵家。他非常慶幸自己能有一份安定的工作，使他能安心集郵，而且對太太有了交代。對他來說，這一份安定的工作等於是他的大恩人，因此辦事非常盡心，像是要報恩似的。他的郵票越集越豐富。他對郵票的知識也越來越充實。他過的日子飽含「進展」的意味，日日有新境界，所以他是快樂的。

不過，他還有一個問題必須解決，那就是關於「自私」的問題。他自己可以因為喜歡集郵而獲得美滿的人生，可是太太並不喜歡集郵，集郵對太太來說是毫無意義的。一份安定的工作加上集郵，就可以使他的每一個日子過得非常美滿幸福。太太的想法卻不一樣。她不願意守著一份固定不變的微薄收入過一輩子。那樣的一成不變，那樣的毫無進展，是她所無法忍受的。她過日子過得厭煩透了。

做丈夫的人相信一切問題都是可以解決的。他知道太太希望看到的是經濟方面的進展。儘管這種經濟方面的進展他毫無興趣，卻承認太太有權追求一個自己喜愛的人生目標。他鼓勵太太經商，開了一家小文具店。家事加上文具店，這個安排使太太有了生活的興致，有了生活的重心。

他們夫婦兩個，過的都是有進展的日子。丈夫下班以後，只要有一把鑷子和一個放大鏡，就可以守著一張書桌忙得抬不起頭來。太太晚上關了店門，又是點錢，又是記帳，又是打電話訂貨，興致好得不得了。慢慢的，就有人來約丈夫寫郵票文章，邀丈夫發表郵票演說。慢慢的，太太也變成了文具業的中盤商，負責供應十幾家小文具店所需要的貨品，一切都有進展，生活也日日出現新境界。他們夫婦所過的日子，都符合了人生的「積聚原則」。也許所謂豐富的人生，基本上就是一種積聚吧？

因為自己也當編輯的緣故，我認識了許多編輯朋友。有些朋友對編輯工作厭煩得要死，原因是他們不想從編輯工作中為自己積聚些什麼。有些朋友對編輯工作始終興致很高，原因是他們發現編輯工作中有許多值得為自己積聚的東西。我們對待生活，跟這個情形也差不多。

我認識一個朋友，他是一個有智慧的人。他的智慧表現在他隨時都能發現生活中值得積聚的東西。

他曾經失業，卻失業得很忙。他忙著積聚求職的經驗。因為能夠以「積聚求職經驗」來化解焦慮，他避免了許多不必要的精神折磨。因為興致很高的忙著積聚求職經驗，他給人一個十分矛盾的印象——失業使他變得快樂。

他的「人生的積聚」是多樣的。他承認金錢是值得積聚的，但是值得積聚的不僅僅限於金錢。和朋友愉快相處的經驗，吃好東西的經驗，讀好書的經驗，看風景的經驗，散步的經驗，克服工作困難的經驗，參與社會服務工作的經驗，掃地的經驗，炒菜的經驗，對他來說，幾乎樣樣都值得積聚。他甚至連兌換外幣的經驗都加以珍惜，用心積聚。這樣一來，他的日子裡就永遠沒有「厭煩」這回事了。

能夠把日常生活中的一切經驗看得很珍貴，進行有恆的積聚，自然就能夠以欣賞的態度看待日常生活。

有一個人，家裡本來不養狗，因此他每天走在街上，眼中只有人，沒有狗。後來，他家裡養了一隻狗，而且由他親自照料。從此以後，他走在街上，眼中就只有狗，沒有人了。

養狗的人，因為對狗的關心，對狗的興趣，就會不知不覺的走進一個「狗的世界」。但是，這個「狗的世界」，對別人來說，根本就不存在。有一次，有一個朋友對這個養狗人說：『為什麼你每天出門，總是看到了那麼多的狗？我每天出門，連一條狗也沒看見？』

養狗人說：『你今天跟我談狗，明天你就會開始看到狗了。』那個朋友第二天出門，想起前一天所說的話，不禁就留心起街上的狗來。他果然看到街上確實有不少的狗。

同樣的道理，用欣賞的態度看待自己的日常生活，可以發現日常生活中確實有許多我們容易忽略的情趣。能夠發現日常生活的情趣，就不覺得生活是令人厭煩的。

有一位朋友告訴我說：有一天，他因為想到每天都要在一定的時間走一定的道路去上班，上了班所做的又都是天天一樣的工作，經過了一定的時間以後，又循著一定的街道回家吃晚飯，忽然感到十分厭煩。

他把這種厭煩的感覺告訴了太太。太太回答他說：『做人就是這樣。如果你不喜歡這樣，你喜歡的又是什麼樣？人要活著，本來就應該是這樣。我不懂有什麼好厭煩的。』

他很驚訝的問太太說：『你難道一點也不覺得厭煩嗎？』

太太回答說：『怎麼會呢？我覺得自己日子過得很不錯呀。』

先生說：『比如說，你每天都要去買菜，你不覺得心煩嗎？』

太太說：『那是希望你跟孩子們吃得高興啊。』
先生說：『比如說，你每天都要站在洗衣機旁邊洗衣服，你不覺得心煩嗎？』
太太說：『那是為了讓你們出門穿得乾淨啊。』
先生說：『你每天都要掃地。』
太太說：『那是為了看起來乾淨，心裡舒服啊。』
這位朋友下了一個結論說：『太太愛這個家，關心這個家，所以她永遠不覺得厭煩。』
我也調侃我的朋友說：『你最好換一個工作。一個人如果連上班都覺得心煩，一定是那個工作有問題。』
我的朋友也坦白承認：『不是我的工作有問題，是我自己有問題。我太不關心我的工作。因為沒有真正走進工作裡去，所以我也享受不到任何樂趣。』
有一位學心理學的朋友說，許多人對生活感到厭煩，並不是因為生命力已經枯竭。換句話說，蠟燭還是完好的，只是燭火滅了。如果有人點燃，那蠟燭還是很好的蠟燭。
他告訴我一個「個案」。有一次，有一個「病人」告訴心理醫生說：『我對生活感到十分厭煩。』心理醫生就派了一個工作叫病人去做。他要求病人每天早上記錄陽光照進客廳地板上的時間，那大概總是上午十點鐘左右。

病人很聽話，每天守在客廳裡等著記錄那個精確的時刻。一星期以後，病人拿了一份完整的紀錄去看醫生。那份紀錄確實很完整，哪一天是幾點幾分，哪一天因為下雨所以沒有陽光，都寫得清清楚楚。醫生看完了紀錄，病人忽然脫口說：『那個時刻，上班的人都走了，房子四周好靜啊！』

醫生立刻含笑說：『你的病好了。你懂得用欣賞的眼光看世界，你就永遠不會再感到厭煩了！』

道德意識

有一個年輕人告訴我：『我最討厭「道德」。』

我聽了很吃驚。

他繼續說：『許多人整天談著道德道德的，拿道德來教訓人，可是自己偏偏又不講究道德，所以我討厭道德！』

聽了這個說明，我心裡很高興。原來這個年輕人反對的是「不道德」。這就好像：有一個人，老是拿桌上的一部《四書》合訂本來打小孩子。小孩子說：『我討厭《四書》！』其實，這小孩子反對的是「動不動就打小孩子」。他並不反對《四書》。如果你仔細的想一想，就會覺得這小孩子很可愛。他抗議得很委婉，等於一種諷諫。

同樣的道理，我仔細想過以後，也覺得最初我提到的那個年輕人很可愛。他委婉的諷諫了不道德的人。不過，更仔細的想想，我又有些不安。他會不會因為抗議不道德而討厭聽到「道德」兩個字，逐漸轉換成對道德的內涵、道德的價值也討厭起來，反對起來呢？道德是「經驗」，經驗有什麼好反對的呢？

「道德」是人類追求「個體幸福」和「群體幸福」的和諧、「個體安全」和「群體安全」的和諧、「個體利益」和「群體利益」的和諧所獲得的全部經驗。它的內涵對於促進人類的進步有很高的價值，為什麼要反對呢？

我記得（其實是不大記得）莎士比亞的《羅蜜歐和茱莉葉》裡，有一句羅蜜歐說的話：『如果玫瑰不叫玫瑰，它還是一樣的香。巴不得我羅蜜歐不姓現在的姓，只保全一顆純摯的心。』也許「道德」兩個字，已經成為不靈的符咒，成為出現頻率過高、失去了新鮮感的兩個音節，成為壞人掩護自己的盾牌，我們仍然不能否定它永恆的價值。

有一個年輕人告訴我：『我最討厭說教、教條、德目這些東西！』

我說：『這些東西是累積的生活經驗，跟你的幸福、安全、利益有關，很寶貴呀。』

他說得很好：『誰的生活經驗？至少，我知道，這絕對不是我的生活經驗。』

中國人的偉大老師——孔子，累積了七十年的生活經驗以後，才敢說他能夠隨心所欲的達到「個體和群體的和諧」境界。他能達到那種境界，靠的還是他不斷追求的精神。一般不夠清醒的七十歲的大人，一定達不到孔子的境界，無法體會孔子所說的話；何況一個年輕人。

我為這個年輕人的純真所感動。也許，在他的生活經驗裡，根本沒有「個體和群體的矛盾」這麼一回事，甚至，連「個體和個體的衝突」他都沒經歷過，難怪他對於教條、德目會覺得十分厭煩。

可是，我也想起一個十四歲的小孩子向我「說教」的往事。

那個小孩子對我說：『做人應該誠實。誠實就是「忠孝仁愛信義和平」的「信」！你知道嗎？』

每次我都回答他說：『是是，我知道。』

但是他不相信，總認為我不是真正的「知道」，總認為我一轉身就會忘記了，所以他一抓住機會，就要告訴我：『人應該「信」！』

他不斷的對我「說教」，使我覺得厭煩。

他的「說教」是有原因的。有一天，他拿了幾十塊錢，打算到書店去買一本書看。剛走到巷子口，他遇到鄰家的小孩。這小鄰居對他說，因為有急用，想先跟他借五十塊錢，當天下午一定還他。他覺得下午再去買書也一樣，就答應了。可是他一連等了好幾個下午，小鄰居並沒來還錢。

後來，他跟小鄰居見過幾次面，不好意思開口要債，只苦等著小鄰居守信還錢。這樣一拖就是一個多月。他一想起自己想買的那本書一直還沒買，心中就很氣憤。最後，他忍不住了，只好去找小鄰居跟他提起這件事。

小鄰居回答他說：『我不記得有這麼一回事，恐怕是你弄錯了吧。』

從此以後，那個小鄰居在他心目中的地位就變得很低了。

從此以後，他就常常思索關於「誠實」的問題。

從此以後，他就格外關心自己是不是也做過不誠實的事情，為的是怕自己在別人心目中的地位也變得很低，成為一個「不誠實的人」。

從此以後，「忠孝仁愛信義和平」的「信」，就對他顯得格外有意義了。「信」的重要，是他生活經驗裡的事情。他不斷的對我說教，是因為他很喜歡我，所以主動的對我進行「經驗傳遞」。如果他沒有那樣的遭遇，有人向他說教，他恐怕還會以為那「信」是人寫「信」的「信」呢。

道德是生活的智慧，是經驗的產物。

傳遞有價值的經驗如果竟會令人覺得厭煩，這一定跟傳遞方法的缺乏、傳遞方法的不良有關。

孩子跟朋友約會，誤了時間，心裡覺得懊喪的時候，父母卻跟孩子談論孝順的道理。這是時機不對。孩子覺得厭煩，並不是反對孝順。如果父母讚美孩子「重信」的美德，安慰他，跟他商量怎麼設法彌補，那麼，對孩子來說，這正是甘泉湧進了荒漠，使荒漠成為良田。

對十一歲的孩子大談「慎獨」的工夫，孩子一定也會覺得厭煩。這是程序不對。與其對他談「慎獨」的工夫，倒不如鼓勵他跟父母一起做家事。在高高興興，有說有笑的氣氛中，只要加上一點點適當的指點，孩子就可以學會家事。日子長了，這學會了家事的孩子不但可以在繼續學習中吸收有用的技巧，而且會在愉快的氣氛中覺得父母的可親，湧起了愛心。一旦父母累了，忙不過來了，這孩子不但願意，而且有能力為父母分勞，這就是「孝」。

我們的道德教育或品格教育最大的缺點是沒有「施教者」，只有「言論家」。以「言論家」代替「施教者」，明顯的缺點是「言論家」的興趣在「言論」，不在「人」。他缺乏愛心、耐心和恆心。沒有愛心、耐心和恆心的教育，必然會成為「言論教育」。

「言論家」的特色是開列大批德目，巴不得一次交割清楚，然後他好專心去耕耘其他的言論。他的興趣不在培育一個人。由「言論家」領導的道德教育，對學生來說，所得到的只是言論。學生們默記德目，默記解釋德目的美妙句子，然後參加考試，期待著能拿高分。學生並沒得到他們所渴望的、所需要的「教育」。

我們很容易發現，許多父母，在道德教育方面，也有「言論家」的傾向。他們缺乏耐心，「教育」得很匆迫像「言論家」一樣，希望不花時間，一次交割清楚。所有的孩子都渴望得到「教育」，因為教育就是「愛」。他們渴望得到愛。可惜的是，他們只能得到「言論」。

現在，我們更容易了解我前面所提到的那個年輕的孩子為什麼會說「我討厭道德」了。他討厭的是言論家口中的那種「以聲音存在」和「以文字存在」的道德。他反對的是「說教」，是「以言論的形式出現」、「以言論的形式為滿足」的教育。

對「道德」的另一個偏見是「道德不利於爭奪」。這是「言利」的人的座右銘。

十個餓人的面前有三塊蛋糕。有道德觀念的人會感覺到問題的「嚴肅性」。他不動手，也不知道該怎麼辦。沒有道德觀念的人顯然便宜得多。他只要搶先抓一塊，甚至兩塊，吃進肚子裡去就是了。有道德觀念的人只好挨餓。

有這種偏見的人顯然犯了兩個錯誤。

第一，不道德的人除非是一個外星人，不屬於一個人間的社會，不然的話，他的「奪取紀錄」會使他在群體中處於最不利的地位。

第二，他不知道「爭奪」有利於道德的成長，有利於建立一個有明確行為標準的社會。那樣的社會建立起來以後，他就會連「一次」爭奪的機會也沒有。更嚴重的是，他甚至會因為提倡爭奪，遭遇到不道德的報復，連看到好社會出現的機會都沒有了。那樣的損失，只限於他一個人。

道德是生活的智慧，是經驗的產物。它有利於個體與個體間的和諧，也有利於個體和群體間的和諧。它給人類帶來的是利益、安全和幸福。它代表一種價值。

因此，不管你怎麼討厭「道德」，不愛聽「道德」，你千萬不要忘了它的「價值」。那價值，是你必須掌握的。

新道德標準

十年前，有一對三年沒見過一次面的好朋友在大街上相逢。兩個人都很高興。他們在一家咖啡館的門口談了半分鐘。其中有一個說：『這樣子好了：我回家去安排一下，過幾天請你跟嫂子來吃飯，咱們好好兒的談一談。』

另外一個看了旁邊的咖啡館一眼，依依不捨的跟好朋友說：『也好，過幾天吧。』

不是「過幾天」，是過十年。十年後的今天，他們仍然還沒有機會好好兒的談談。這是因為「過幾天」以後，那個想回家去安排安排的朋友安排好了，可是對方太忙，沒辦法去。然後是，對方忙過了以後，想去看他，可是這回輪到他忙了。雙方各忙各的事，一拖就是十年。如果他們當年聰明一點，就到身旁的咖啡館裡去坐一坐，痛痛快快的談一談，就不會有現在的遺憾了。

為什麼說「遺憾」？因為其中有一個，現在已經到「比人間更好的地方」去了。他們要見面，比從前更難。他們的錯，錯在不懂得「珍惜現在」。這也透露出一點有關現代人生活態度的消息，那就是：凡事不要太「正式」。這也就是說，「禮」要簡化。內心的熱誠應該更受重視。

這使我想到日本人的咖啡館。日本人好像很喜歡開咖啡館。咖啡館在營業分類裡應該屬於「談話業」。日本人經營談話業的很多，這是因為他們大都市裡的住宅都是「斗室」，談話不便，所以很需要「找個地方談談」。咖啡館提供了這種服務。咖啡館成為「收費」的「人人的客廳」。這樣，住家就不必浪費很大的一個空間來做客廳了。我想，只要咖啡館夠美麗，我們一樣可以留下許多美麗的人生回憶。

打電話拜年，寄生日卡拜壽，只要心中有一股熱誠，只要是真正的關心，儘管簡化了，儘管沒那麼隆重，仍然是合「禮」的。現代人應該逐漸去適應「心中熱誠的簡化了的表達」，如果不這樣的話，我們就會天天在不滿的心情中度過，我們自己也會成為別人不滿的原因。忙碌改變了我們的生活方式，但是並沒改變我們心中的熱情。我們心中的熱情，要求一個簡單的表達形式。我們應該珍惜現在，立刻表達，不必等待一個比較正式的形式。

我們應該適應的另外一種情況是「情感獨占」的不可能。

現代人每天必須接觸的事務比古人多，必須接觸的人也比古人必須接觸的多得多，因此沒有人能夠「只喜歡一個人」，除非他是一個隱士。他必須喜歡一百個人。

我們不能再像古人那樣，要求朋友只關心你一個人，我一個人。他必須同樣的關心一百個人。

如果你的朋友告訴你：『你是我最關心的人。』他真正的意思是：『你是我最關心的一千個人中之一。』你也「入選」為他最關心的「千人團」了。這就是他真正的意思。

我們沒有權利怪他，因為我們自己也一樣。我們只關心「一個人」嗎？真正的只有「一個」嗎？因為接觸的人多了，所以你應該對他們都關心。因為接觸的人多了，所以你必然的會關心許多人。你不可能只關心其中的一個，對其他的九百九十九個一律不關心。如果有一個人責備你，說你同時也關心了別人，說他並不是那個唯一受你關心的人，因此判定你缺乏真誠，你一定會覺得非常委屈。你沒辦法滿足他的「情感獨占」，並不是你缺乏真誠，實在是你不能只對一個人真誠，對其他的人虛偽。

一個現代人必須學習適應這種情況。他要放棄對「情感獨占」的迷戀。你跟人交往，只要能入選為對方最關心的「千人團」就夠了，不必強求對方只接受你一個，不許他再接受第二個人。

你的朋友是你的「千人團」的一員；你也是你的朋友的「千人團」的一員。你不是他的唯一的朋友。他也不是你的唯一的朋友。這情況是我們必須適應的。

就因為這樣，我們必須學習尊重「我們最關心的朋友」的「最關心的其他朋友」。同樣的，你也會希望你最關心的朋友，尊重你最關心的其他朋友。

現代人接觸的人多，但是偏偏覺得寂寞，覺得對這世界陌生，說這世界冷漠，說人群社會是蠻荒世界。這是因為他不能一下子適應這情感上的「薄利多銷」，不能一下子適應這「關心的開放」。他不知道其他的現代人，早就已經適應了「一千個千分之一，加在一起，也還是一千」的情感邏輯。

尊重別人的「多面性」，也成為一種現代道德。跟朋友交往，第一件事是同情他「多方面的負荷」。你寫信，或者打電話，託朋友幫你辦一件事以前，你要先假定他除了職業上的工作負荷以外，每天只有再辦一件事的時間，但是他所有像你這樣的「最好的朋友」卻有一千個。如果你要求太多，他會崩潰。

自己能辦的事情自己辦，不要過分「享受」朋友，這才是真正的愛朋友。

有一個人埋怨他的朋友，說：『我託他幫我買六七本書，他一直到現在還沒有給我寄來。真可惡！』他的朋友也埋怨他，說：『這六七本書要到六七家書店去買，而且買了書以後，還要到郵局去排隊寄包裹。真可怕！』

從前美國有一位散文作家「奧斯勒」，他是回朋友的信，回讀者的信，「回」死的。有一位朋友寫文章悼念他，說：『奧斯勒被謀殺。』給奧斯勒寫信的人都沒有想到他「多方面的負荷」，或者同樣的信每天有幾十封。他們只怪奧斯勒太自私，連回他「一封信」都嫌費事。他們的憤怒使奧斯勒不安，所以只好「以死明志」。

只顧滿足自己的情感獨占，不顧慮別人「多方面的負荷」，用現代觀點來看，是不道德。

我一直對一個「老電吹風機」的故事發生很濃厚的興趣。

有一位主婦，十九年前買了一個堅固的吹乾頭髮用的電吹風機。使用過三年以後，這吹風機壞了。家裡的人都認爲應該買一個新的。主婦聽了非常生氣。她說：『修理修理，還可以用，爲什麼要把它扔了。』她認爲「暴殄天物」是不道德的。

連接插頭的電線燒壞了，家裡的人認爲應該買一條新電線。她認爲家裡舊電線很多，拿來接一接，試一試，可以用就用，何必把舊電線扔了，又去買一條新的。

八年以後，這電吹風機已經百孔千瘡，那電線又髒又難看又不保險，像甘蔗似的，到處是裹著髒黑膠帶的接頭。更有趣的是零件鬆了，每次使用，就要發出驚人的聲響，彷彿家裡裝了一部印刷機。

又過了一個八年，這電吹風機已經不成個樣子了，同時也壞了。主婦還是主張拿去修理。但是現在工業起飛了，工資提高了，街上已經找不到修理電吹風機的行業。修理一個這樣古老敗壞的電吹風機，再加上尋找古老零件的繁瑣，不是一位技師半天做得完的。這得花多少工資？

計算十九年來所花的修理費，早可以買四五個新電吹風機。陳列在櫥窗裡的新貨，小巧玲瓏，線條美好，進步的電鍍處理使機身閃閃發光，尤其是使用起來無聲無息，眞是可愛。但是主婦堅持還要修理那舊的，因爲她不肯暴殄天物，可是修理要靠手工，那是很貴的。打聽一下價錢，工資跟新貨同價。主婦只好勉強答應買一個新的。

這新的吹風機帶回家以後，大受一家人歡迎。這新機器提供視覺享受，沒有噪音，而且拿起來很輕，不像那老機器沉重得像一把斧頭。尤其是，這新機器也給一家人帶來精神的更新。家裡不再像從前那樣的暮氣沉沉了。

家裡人人都愛這新機器，只有那位主婦，心中不安，向空中的神明求恕說：『眞是暴殄天物啊！』

用經濟的觀點來處理物力，並不是不道德。不道德的，應該是「不以經濟的觀點」來處理物力，例如浪費有限資源，或者盲目追求奢侈等等。進一步說，能以經濟的觀點處理物力，產生更多具有精神價值的文明的，反而是美德。拿吹風機的故事來作例子，花同樣的錢，能使家庭器物由又髒又破又舊又暮氣沉沉，變成又美又新又有朝氣，那是美德。「拜物」似的固守一個無限的「暴殄天物有罪論」，使生命產生「死水」現象的，反而是不道德的了。

新的道德標準正在逐漸形成。我們注意到，「禮」的簡化，「情感獨占」的放棄，把「時間」看成財產之一，「以經濟觀點來處理物力」，都不是不道德的。新的道德標準，要求我們要簡化「禮」，要關心別人多方面的精神負荷，要尊重別人的時間像尊重別人的財產，要以經濟觀點來處理物力，因為不這樣，大家就不能活得很好。

◆追求境

「命」和「算命」

幾天前讀到《張老師》月刊裡的一篇報導：〈中國人的命運觀〉。這篇報導的依據是一次問卷測驗，接受測驗的人一共有一千多個。這一千多份問卷顯現了一項可信的事實，那就是：每兩個中國人當中就有一個人算過命。

這個現象，說明了「算命」在我們中國的流行，可以算是中國文化的一部分，也可以說是一種植根在古代的民俗。一個現代中國人，無論他有多「科學」，對於「算命」這種事也能加以包容。大多數的中國人都覺得算命好玩，可以解悶，可以排憂，尤其是可以紓解心中的鬱積，預防觸發精神官能症。從心理學的觀點來看，算命多少含有「精神保健」的效用。算命的活動，把一個人導向達觀。

有一個失意的人，心情十分沮喪，像汨羅江畔的屈原一樣，形容憔悴，在街頭閒逛。他看見路邊有一位算命先生，擺了一個算命攤子，在那兒給人算命。失意人心情煩悶，就在攤子旁邊坐了下來，請算命先生爲他算一算命。

算命先生跟他要了生辰八字，認眞的依照千年古法，爲他「演算」一番。演算的結果是：這個失意人的命並不很好，同時也沒有一點交好運的跡象。失意人聽了就低頭嘆息，忍不住把心中的不平和所受的委屈大略的說了說。算命先生就安慰他說：平安就是福，比起遭遇橫禍不知強了多少倍。就這樣子，兩個人把人生遭遇當作話題，談了不少的話。失意人看看時間差不多了，就奉上算命錢，站起來告辭。兩個人互相道了謝。失意人「在回家的路上」，覺得激動的情緒平伏了不少，胸口舒暢了不少，對自己的遭遇也比較能看得開了。

前面的描述，就是一般的算命活動的實際情況。從心理治療的技術觀點來看，算命也是心理治療法的一種，跟「水晶球治療法」相似，在中國，應該命名為「算命治療法」，或者，「紫微斗數治療法」。

大多數的算命先生都可以算是我們現代觀念裡的心理治療醫師。他們儘管沒念過完整的醫學，沒念過完整的精神分析學，也沒接受過心理治療術的訓練，但是他們都有師父的傳授。算命先生從師父那裡學到的，除了複雜繁瑣的算命古法和玄奧的古代術語以外，更可貴的是關於人性、人情、人心的豐富常識。算命先生都能從一個人的言詞中猜出這個人的遭遇，然後加以安慰和開導。

有一個有趣的故事說：

有一個歐洲人，看到臺北鬧區的人行道上有許多算命攤子，就問陪他一起逛街的中國朋友說：『這些人是做什麼的？』

朋友逗笑的說：『他們是中國的「佛洛依德」。』

歐洲人說：『佛洛依德？那是什麼意思？』

朋友說：『他們爲街上有心理困擾的人作心理的治療。』

關於這種事情，有一個典型的例子：

有一個十八歲的男孩子，覺得嚴厲的父親逼得他走投無路，把他逼向爆炸的臨界點。他嚷嚷著要去算命，當然受到嚴厲的斥責，幾乎挨打。慈祥的母親暗中資助他，讓他能夠達到心願。

算命先生算出他的命不大好，運也不大好，但是好歹總算有個家，不致流浪街頭，算是不幸中的大幸。年輕人立刻抱怨自己的家怎麼不好。算命先生趕緊檢視年輕人的命圖，「發現」年輕人的命和父親的命嚴重相剋。這句話產生了預期的效果。

年輕人果然心情一鬆，喊出聲來，說：『原來是這樣！怪不得，怪不得。』然後請教算命先生應該怎麼辦。算命先生說：『言行要謹慎，避免傷害你父親，也避免被父親所傷害。中國人一向講孝道，對父親好一點也是應該的。見了父親臉色要和悅，受父親責備千萬別頂嘴。多在「忍」字上下點兒工夫，對你們父子都有好處。命中註定是命中註定，只要一心向善，又有善行，也足夠化解了。』

年輕人受了指引，平平安安的回家。他悄悄把命中註定的事告訴了母親，母親也悄悄把命中註定的事告訴了父親。父親聽了大悟。從此以後，父子謹言慎行，同時講究避禍，相處比從前和諧多了。算命先生爲他們化解了一次家庭危機。

「命」，在中國人的心目中，等於是：「足夠解釋一切」的「人祕密」。一旦探得了這個大祕密，那「成就感」所帶來的喜悅，就足夠抵消一切的不愉快。就因為這樣，對中國人來說，「命」也是一種「神」。

這尊神的名稱應該叫「達觀神」。除了前面所提的那種「命」以外，中國人還談另外一種命。那就是「好命」、「歹命」的「命」。這個命，指的是「個體的生存條件」。

有的人生下來就很強壯，有的人生下來就是那麼柔弱。有的人生下來就那麼漂亮，有的人生下來就談不上漂亮。有的人生下來就那麼聰明，有的人生下來就不怎麼聰明。有的人生下來，身上好像就具有一種克服困難的能力；有的人生下來就缺乏這樣的能力，一遇到困難就全面潰敗。用比較科學一點的態度來說，這當然跟遺傳有關。不過，人所關心的不是他的生命怎麼受到遺傳的影響。人所問的是：『我為什麼不能像堯、舜、禹那樣的得到較佳的遺傳？』這當然不是科學管得了的事。

「個體的生存條件」除了遺傳以外，還有一個人的「投生」的環境。有的人投生在富貴之家，有的人投生在貧寒之家。不過，我們如果拿出生的環境和承受的遺傳相比，出生的環境實在並不那麼重要。一個人身上承受的如果是聖賢豪傑的基因，惡劣的環境反而是他光輝生命的美飾。

除了出生的環境以外，當然還有教育。良好的教育可以改造一個人，可以改善一個人的一生。問題是：為什麼有的人能夠那麼懂得愛知識，追求知識；有的人就像口渴的牛站在池邊卻不甘願喝水？這好像又跟遺傳基因有關了。

那麼，要解釋一個人為什麼承受了好基因，另一個人卻承受了較差的基因，好像也不容易。這個有人「好命」，有人「歹命」的現象，當然也還是要用前面所提到的那個「足夠解釋一切」的「大祕密」來解釋了。這就是算命先生的工作了。

我們應該弄清楚的是：算命先生的解釋，其實是不解釋。不解釋的原因是他根本無法解釋。無法解釋是無法解釋，算命先生卻是一直在尋求這個解釋的人。這就像一位探索一切生命根源的科學家，雖然還沒找到滿意的答案，探索的經驗卻比我們豐富。他足夠啟導我們這些「偶然興起探索念頭」的眾生。他能使我們變得聰明些。

有一位風趣的算命先生說：『算命先生也有好命和歹命的區別。用世俗的眼光來看，我們算命先生有的在路邊工作，有的在豪華客廳裡工作，區別不能說不大，好命和歹命相差也很遠。不過這並不重要，探究才重要。探究是我們的事。對你們來說，平平安安的過日子才是最重要的。』

算命先生身上最重的負荷，是那一套玄奧的古代術語，以及那一套累人的「演算」過程。這是他們的前行者留下來的規矩。光是學這兩套，就足夠嚇退所有的人。這一套複雜嚇人的規矩既然是死規矩，沒有理由說它不能交給機器去代勞。「電腦算命」就這樣誕生了。

由一個人的誕生時刻去推算一個人一生的遭遇，按既定的操作方式去演算，要耗去算命先生不少的心力。這是事實。但是「誕生時刻」和「一生遭遇」兩者之間的相關性，卻缺乏有力的證明。就算有了最有力的證明，也仍然沒法解決「命」的基本問題。人會問：『為什麼我會在那個不利的時刻誕生？』

算命先生根據那「規矩很多」的操作方式演算一個人一生的遭遇，偶然會演算出「驚人的消息」，那就是「被算命的人」就將遭遇到一生中最大的變化——變得驚人的好或驚人的壞。這是由演算得來的答案所顯示的。算命先生對這種事情一向採取謹慎的態度。他會把大事化小，輕描淡寫的請「被算命的人」凡事謹慎；或者，面露笑容的對「被算命的人」說幾句吉利的話。

算命先生都知道，無論演算的結果是禍是福，也只能是「一番演算的結果」。恐嚇會使一個本來沒事的人因為六神無主而惹禍，道賀過分會使一個本來沒事的人因為狂喜而惹禍。我們說過，算命先生比我們強的就是他那由師父傳授的「心理保健學」。

人類是進化的。其中最值得誇耀的進化是「認識自己」和「了解自己」這種能力的進步。現代人都知道目前人類的思考方式有個極限，因此也知道了自己仍有許多不知道的事情。我們接受這個事實，卻也不看輕自己的努力。

「命」當然也是一個值得探索的大題目，也該有人去探索。不過，人類的繼續生存和生活幸福的繼續增進，更值得我們去努力。人類不能因為只想探索「命」的真相而在其他方面實行全面罷工。讓算命先生負起探索「命」的責任像一個專家，似乎是一個更聰明的「分工」。人類的大腦總還會進化。

有「生之困擾」的人，去找算命先生談談天是有好處的。算命先生很懂得為你作心理保健的工作，甚至積極的勸你多多行善，獲得心安。大多數的現代人都很忙，看命只是好玩兒。我們的信念是：努力工作和追求知識，是一條最可靠的「幸福之路」。

受苦的局部性

我常常鼓勵我的朋友要「安心受苦」。這好像很荒謬，其實這才是最健全的人生態度。「安心受苦」只是半句話，另外的半句話是：『用積極的態度去做有意義的事情。』

我年輕的時候讀英國哲學家「羅素」的《幸福之路》中譯本，書裡有一個關於英國茶商的故事，給我很深刻的印象。這位英國茶商在倫敦開茶莊賣中國茶葉。他跟中國同業經常有書信來往，不過那些信都是英文信，因為他只認得五六個中國字。精確的說，他只不過是跟他的中國同業的英文祕書通信罷了。

這位英國茶商跟太太的感情很好。他有美滿的家庭生活，有穩定的小規模的事業，又不是那種充滿著戰鬥性的喜歡跟人結仇的人。他善良誠實，受人尊敬。無論從哪一個角度看，他都應該過平靜幸福的日子。他所追求的，恰好也就是這平靜幸福的日子。

可是有一年，災禍來了。他的太太生病，很快的離開了他，到另外一個更好的世界去，拋下了他，讓他孤孤單單一個人在人間過寂寞的日子。夫妻相愛幾十年，平日互相依靠慣了，這種「不再回來的離別」使他心碎，使他心慌，使他怨恨，使他對人生懷著恐懼。

他的全部生命力凝結成眼淚像永不枯竭的泉水，但是他的一顆心卻像山澗裡冰涼的石頭。大家注意到他軀體的枯萎。他的茶莊裡也有了蜘蛛網。如果長久這樣下去，他的太太所關心愛護的幸福的小家庭，會扮演一個更大的悲劇。

這個幸福的小家庭是他太太生前所珍惜的。為了懷念他的太太，他應該珍惜太太所珍惜的一切才對，包括珍惜他自己在內，可是他並沒有想到這一層。如果長久這樣下去，他會毀掉太太生前所珍惜的事業，會毀掉太太生前所珍惜的家，也會毀掉太太生前最關心的人，就是他自己。

他必定怨恨過命運，命運讓他遭遇到他不該遭遇到的事情。其實真正的「命運」正在設法安慰他，設法幫他的忙。有一天，他注意到茶葉罐子上的中國字，也許就是那個看著眼熟的「茶」字，開始去思索那個中國字的意義。在思索的時候，他翻騰不定的心平靜下來了。他發覺在他「認字」的時候，那活動凝聚了他的心神，會產生一種止痛作用。那時候，他彷彿領悟到，只有這難得出現的平靜，才符合在天上的太太對他的期望。

這個小故事的後半部，就是關於他治療心靈創傷的經過。他已經有足夠的冷靜跟足夠的勇氣去面對一個事實，或者說，安心的去受苦，然後，又恢復到平平安安的狀態，積極的去做有意義的事，有意思的事，有趣味的事，讓自己仍然是一個充滿生機的人，使「不幸」不能真使他不幸。

如果你是那位愛丈夫很深的太太，你在天上難道不希望在人間的先生日子過得很平安嗎？

這位茶商，在恰當的時機抑制了自己的哀痛，安心受苦，積極的調整自己，使自己在新情況中獲得美好的適應，平安的放射穩定的光芒，繼續走他該走的路。幾年後，他成為一個活躍的懂中文的英國茶商，活躍的跟人討論中國的語言文字。他常常含著深意的跟人說：『當初要是沒有茶葉罐子上的那些中國字……』

勸人「安心受苦」，並不是勸人相信那是命運的安排。

早期的人類都是相信命運的。最有趣的是各民族幾乎是一致的，相信人間的未來，包括一切瑣瑣碎碎，都已經用「星星文字」寫在藍色的天空裡。換句話說，天界的現象是「可讀」的文字，那文字寫的是對每一個人的預言。這是一種沒有根據的信仰。這信仰在倫理方面提供了可怕的「無善惡論」，在人生哲學方面提供了「懷疑論」，在生活態度方面大量販賣投機和消極。

中國的命書建立在這樣的一個基礎上：一個嬰兒誕生的時辰，天上星辰的排列加上地上經緯度的變數，跟另外一個嬰兒誕生的時辰，天上星辰的排列加上地上經緯度的變數，在純粹理論上，是絕對不可能完全相同的。它幾乎可以有無窮的模式。這「無窮」，不管地球上怎麼人口爆炸，一人分配一個模式，盡夠應付。這些模式幾乎是沒有兩個相同的，因此對於這些模式的解釋也幾乎有無限的自由。「變數」太多太多了，儘管東拉西扯，「自由頓悟」，也不至於捉襟見肘，可以保險。問題是天界的現象跟人間的現象有什麼必然的聯繫？

命運的說法對人類也有好處。它使我們能夠忍受災禍的襲擊，對「人比人」能夠採取比較淡漠的態度，使我們能適當的抑制毀滅性的競爭和拚鬥，也就是使我們能夠「安心受苦」，但是它的大缺點就是不能培養我們積極樂觀的生活態度。信「命」而安心受苦，並不是我所說的「安心受苦」。

從現代觀點來看，一個人的未來，有可以掌握的部分，也有不可掌握的部分。可以掌握的部分在一個人的心理學知識，也就是他的人際關係。「善有善報，惡有惡報」，不只是指道德上的，同時也是指人際關係上的。在心理學的世界裡，惡劣的態度等於不道德，因為惡劣的態度對別人是一種嚴重的傷害。

用惡劣的態度幫助人，跟用美好的態度害人，在現代人的觀念裡，同樣是不道德的，同樣是一種傷害。

凶暴的惡人遭遇到惡報，並不由命運來決定。這是人人對他必有的反應。凶暴的惡人一旦改過像「周處」，他的前途即刻又充滿了光明。人人可以改造自己的命運。因為對道德有虧而受苦，是該受的苦，用不著別人來勸他安心受苦。

一個人的未來，也有不可掌握的部分。許多人遭遇到災禍，並不因為他不道德。那些災禍事後都可以探索出跟道德無關的原因來，那些原因使我們大感不平。

我所說的「受苦」，我所強調的「苦」，指的就是這沒來由的苦，不該受而又必須去領受的苦。我勸人安心領受這樣的苦是因為我們只有領受。領受是領受，卻要懂得領受的方法。懂得領受的方法，就不至於傷害了自己。

每一個「個人」都像一個都市，有橫橫豎豎的許多馬路。他「無緣無故」遇到挫折或者遇到災難，應該看成只不過是一條馬路出車禍。這條馬路也許必須即刻封閉或者列為「管制區」，但是他仍然要維持其他所有的馬路的暢通。為了一條馬路出車禍就封閉了全市所有的馬路，那是不必要的。

我勸我的朋友「安心受苦」，意思是勸他只封閉那一條出車禍的馬路。其他的馬路，並沒發生什麼事情，所以還是應該讓它暢通，讓它照樣的車如流水馬如龍。

一個受苦的人，應該只讓生命的一小部分去受苦，生命的絕大部分應該繼續發光。一座燈塔壞了只不過是一座燈塔壞了，並不是所有的燈塔都壞了。一個慈愛的人，在遇到災難的時候，還應該繼續慈愛。

在受苦的時候能夠不改常態，多麼使人欽佩。花還是要種的，水還是要澆的，幫助別人的事還是要繼續做的。要「安心受苦」，不要失去積極的生活態度。

我不相信命運，我「迷信」奇蹟。積極是創造奇蹟的魔術師。用積極的態度走人生的道路，路上就會布滿了奇蹟。你不必擔心還會有什麼災難要來。你要有準備，準備迎接一個接著一個出現的奇蹟，只要你走正路，只要你並不消極。

以奮進代替競爭

美國的老西部影片裡，日本的劍道影片裡，義大利的「重視電影藝術」的改良西部影片裡，中國的武俠影片裡，除了「報仇」跟「行俠」以外，都出現過一個現代氣息非常濃厚的主題，可惜並沒有引起現代人普遍的注意。

也許有一兩個導演可以說是為了表現這個主題曾經大大的賣力氣，但是因為自己心中並沒有現代意識或者對時代的感覺不夠敏銳，結果表現出來的仍然是「歷史的外衣，歷史的內容」，跟我所欣賞的「歷史的外衣，現代的內容」有一段相當的距離。我認為一切影片可以向一切時代取材，但是它的內容應該十分「現代」。

那一兩個出色的導演所表現的主題就是古老的「好勇鬥狠」。我所說的「跟現代人的幸福有密切關聯的主題」卻是「競爭」——一種最錯誤的生活方式，最無聊的生活方式，最容易引起「自家中毒」的生活方式。

在前面所提到的那種「為男人拍的」娛樂影片裡，總會出現一個「拔槍最快的人」或者「拔劍最快的人」。那拔槍最快的人，能夠在對手的槍還沒有「被」拔出來以前，早已經拔出槍來，完成一個優美有效的「射擊姿勢」，而且早已經還槍入「袋」，站在那裡微笑。他的並不僅僅是微笑的「微笑」，嚇阻了對方，使對方臉色「白得像一張道林紙」，而且狼狽而逃。

拔劍最快的人的表演，更加出色。他能夠在對方還來不及把劍拔出來以前，早已經「出劍」削去對方的一綹頭髮，而且早已經優美的「還劍入鞘」。他「抱臂目送」對方「抱頭鼠竄」。

這種「快人」的英名傳出去以後，就有許多不服氣的槍手、劍手，找上門來，甚至可以說是「送上門來」，要求比試。結果，這些「上門人」當然是在還沒有完成拔槍或出劍的動作以前，就很不幸的遭了「電擊」。

這種能夠「超光速」或者「超物理學」的使用武器的「快人」，最後總是遇上了一個有相同成就的「同樣不科學」的人，造成一種「極端凶險的形勢」。觀眾只覺得銀幕上似乎有什麼東西那麼一晃，接著就看到這兩個「最快的人」慢慢的、雙雙的躺了下去，身體跟地面作「水平接觸」。

導演在充分的「娛樂」觀眾以後，說出了他的主題：好勇鬥狠，往往自找滅亡。大家很容易看出來，這並不是一個具有普遍性的主題。它不過是跟「武林中人」有關的主題罷了。

跟現代人有關的主題是「競爭」。我對「競爭」的解釋是「取得優勢地位的慾望」。這種慾望已經非常普遍的進入我們人人的內心。

有「競爭慾」的人，跟任何一個人接觸，總認為「取得優勢地位」是必須「最先解決的問題」。這個問題不解決，他對其他的事情就都不發生興趣了。為了取得這個「毫無價值」的優勢地位，就像為了買一座毫無價值的空城，他把「幸福」拿出去抵押，大量增加自己精神上的負荷，像大量增加經濟上的利息負荷一樣。

在現代社會裡，到處是令人心寒的「競爭症患者」。一個現代人，可以在每月賺兩萬七千塊的時候很不快樂，很憤怒，原因是他旁邊的人每月賺的是兩萬七千三。但是同樣的一個他，卻可以在每月只賺六百塊的時候很快樂，只要他旁邊的人每月賺的是五百二。

他甚至可能在每月收入增加到三萬塊的時候反而「更」不快樂，也可能每月收入減少到只剩八十塊的時候反而「更」快樂，只要是在我們都知道的某種形勢中就行了。

一個「競爭症患者」的特色是「自己不快樂，也使別人不快樂」。如果他是「處於優勢」的，他就要折磨那些「處於劣勢」的。如果他是「處於劣勢」的，他就要折磨那些「處於優勢」的。

一般人最容易提出來的反駁是：『如果人人都不競爭，這樣的社會不就成為一個「死了的」社會了嗎？』

我的答覆是：『如果人人都「競爭」，這樣一個沒有幸福心境，沒有快樂心境，沒有目標，沒有理想的社會，不「更」是一個死了的社會嗎？不是「死」得更徹底嗎？』

「競爭症患者」通常都是比較不容易有成就的人，因為他要浪費很多光陰跟精力在「競爭」這種「低層次的活動」上，遠離了自己的目標，甚至「迷失」了自己的目標。他很威武的，很貪心的在每一個戰場上都獲得了勝利，就是偏偏忘了向自己的目標走一步，就是偏偏忘了為自己的理想賣點兒力氣。

不感染「競爭症」的人正好相反。他永遠不為「競爭」這種低層次的活動操心。他對這種低層次的活動採取「放棄」的態度。比「有錢」，他放棄。比「有勢」，他放棄。比「西裝」，他放棄。比「客廳」，他放棄。比「跟某一個人的關係」，他放棄。他甚至不跟人比學問，比見聞，比智力，比武藝，比文藝。

他放棄一切的「比」，但是他把自己的目光專注在遠大的目標上，他向著自己的理想猛進。

這種屬於「少數」的人，往往是比較容易有成就的人，因為他不把寶貴的精力浪費在無聊的低層次的活動上。
這種不感染「競爭症」的人，通常也比較快樂，比較幸福。
這種不感染「競爭症」的人，對社會的貢獻通常也比較大。這是因為他總有些自己琢磨出來的新東西，增添到社會的遺產上去。
我敬佩一個立志要使自己的財產達到一億的人，因為他的努力，多多少少會對社會貢獻出一些值得參考的「發財方法」。
我很輕視一個一心要使自己的財產比鄰居多的人，因為他的努力，只不過向社會提供一些「打倒鄰居的方法」、「傷害鄰居的方法」。
現代社會充滿競爭色彩，因此現代社會一切的進步也比較快。這是一般人的想法。這個想法是錯誤的。
現代社會所以進步快，是因為知識的累積越來越多，「運用知識的方法」的累積也越來越多的緣故。這種進步，跟「生利息」的道理是一樣的。我們也可以拿「錢越滾越大」來形容這種進步。
人類越來越懂得運用這種進步來從事競爭，結果這種進步反而不能造福人群。
諾貝爾獎金的提供人「諾貝爾」最能為這種「進步」被「競爭」所利用的人類悲劇作見證。諾貝爾本人是一個放棄現實生活中一切無聊的競爭、專心一志從事研究的發明家，他的「安全火藥」可以說是他的「不競爭」的生活方式的珍貴產品。但是人類後來竟利用他的發明來從事一種「最惡劣的競爭」，這件事大大的傷了他的心。

人類想獲得幸福，個人想獲得快樂，實在應該以「理想的追求」來代替幼稚的「競爭」。

走路和爬山

有許多朋友告訴我說，他們在童年的時候很會走路，從家裡到學校，每天來回兩趟，完全不當一回事。可是，他們都說，成年以後，慢慢的就把走路當作「一回事」了，如果路稍稍遠了一點，他們走起路來就有受委屈的感覺。

這是怎麼回事？

有許多長者告訴我說，他們很喜歡走路，每天天一亮就換了運動服，穿上運動鞋，很優閒的走到公園去散散心，然後再慢慢的走回家。他們說，走路是很好的運動，早晨出來走走，整天精神愉快。

這是怎麼回事？我回想自己在童年的時候，也有很豐富的走路上學的經驗。從我家到學校的那一段路，在縮小到二萬五千分之一的市區地圖上，量起來也有一尺多遠，那就是八公里多，那一段路程，景色有三種變化。其中三分之一的路程是幽靜多樹的住宅區，三分之一的路程是空曠多風的海邊水泥公路，另外三分之一的路程是熱鬧的街道。

現在回想起來，留在我的記憶裡的，是樹海、大海、人海這三種不同的景象，另外就是一種甜甜的愉快的感覺。確實，就像我的朋友所說的，我根本不把走路當一回事。我的意思是說，在我的意識中，只有從家裡到學校，或者，從學校回到家裡，其中並沒有「走路」這件事，就像其中並沒有「呼吸」這件事一樣。我走路，也呼吸，但是這兩件事並不在我的意識中。我要來就來，要去就去，來來去去，自由自在，根本「不必走路」，像小仙人。

成年以後，情形大變。最主要的一個變化就是一切都可以自主了。因為一切都可以自主，所以也就有了一把可以打開「情緒百寶箱」的鑰匙。為了隨時取用的方便，我們打開箱子，就不再關閉。從此以後，情緒就瀰漫在我們心裡，身上，甚至成為包裹我們這個身體的「大氣層」，使我們不得不透過情緒看世界，看一切事情。

《聖經》上說，亞當和夏娃因為偷嚐了智慧之果，所以被逐出樂園。對現代人來說，亞當和夏娃吃的是「情緒之果」，因此也就失去了穩定的快樂。

透過情緒的迷霧來看走路，在情緒不好的時候，走路就成為負擔。一旦走路成為一種負擔，我們自然就把走路當作「一件事」來看待。我的許多朋友所說的就是這個。

長者讚美走路是很好的運動，這是因為他們有足夠的智慧知道對情緒要有適當的控制。每天擇定一個時間，保持心境的寧靜，把走路當作唯一的活動，再享心無雜念的樂趣。他們又回到了小孩子的心境，走路又不算是一件事了。長者對走路的讚美，原因就在這裡了。

像小孩子那樣渾然忘了走路這回事，或者，像長者那樣把走路當作心靈修養的活動，都不是一般人做得到的。路，既然是人人都要走的，那麼，探索探索有什麼辦法可以使走路不成為一種負擔，不那麼令人覺得厭煩，就不能算是一件毫無意義的事了。

有一位朋友告訴我說：『你要設法使自己忘記自己正在走路。我的辦法是「數百步」。數過百步，再數百步，一百步一百步的數下去。你會為累積的成績覺得高興，忘了走路的辛苦。』

這真是一個單純可愛的方法。有時候，我在報館工作完了，覺得已經夠累，一想到回家還得走路，難免有些氣短。我真希望有人把我抬回家，那才舒服。我想起朋友所說的「數百步」的話，就試了試。因為心裡有「數」要「數」，果然忘了走路的辛苦。我不但走得快，走得有精神，而且還知道用我的「便步」走，從報館到家裡全程是五百五十七步。把走路轉換成一種簡單的遊戲，確實可以使走路成為一種樂趣。

有一位家庭主婦，每天做那些一成不變的家事覺得厭煩，幾乎做不下去。後來她把家事轉換成一種「計時遊戲」，竟挽回了她的生活興致，也挽回了她的家庭幸福。她買了一個精緻的計時器，設法記錄她做每一種家事所需要的時間，當作一種資料蒐集起來。她要炒一盤空心菜，先按下計時器，然後從容的洗菜，切菜，剝蒜頭，炒菜，蓋鍋蓋，掀鍋蓋，一直到把菜盛在盤裡，這才去看計時器，弄清楚做這件事一共用了多少時間。這遊戲不但使她對時間的估計越來越精確，而且也使她興起「下次試試能不能比這次做得快」的念頭。

她對家事的態度，由極端的消極變成十分的積極。她竟盼望明天快快到來，好讓她再做一次實驗。有一次，她正在拖客廳的地板，朋友來了電話。她告訴朋友說：『我正忙著呢。二十七分鐘以後我給你掛電話。』二十七分鐘以後，她把客廳弄乾淨了，撥電話給那個朋友說：『現在我有三十分鐘的時間，夠我們談的了。』她為自己處理「時間」的明快精確感到自豪。

我的「走路遊戲」除了「數百步」以外，還有一些別的。有時候，我數一數我的路途中到底有幾家餐館，我把非走不可的道路轉換成一個「研究題目」。冬天下雨的傍晚，我對走路回家這件事覺得厭煩，但是我設法找到一個題目，就是數一數路上可以遇到幾個穿雨衣的人。我發現穿雨衣的人是越來越少了。人人似乎越來越重視雨天服飾的美觀舒適，寧願打傘，再也不穿雨衣了。我們已經從「雨衣文化」過渡到「雨傘文化」。雨衣差不多只能算是在雨中工作的人所穿的工作服了。

有一次，我嘗試著要說出路上所看到的一切街樹的樹名，弄得我在路上很「忙」，而且對自己知道得太少感到慚愧。我一直想著應該怎麼來「進修」才好，竟覺得時間過得太快，路途也太短，一眨眼就走到了家。

人生的道路，無論是平坦的還是不平坦的，總有一些「一再重演」的成分，不斷的重複會使人感覺遲鈍，對生活感到厭煩，無法忍受。這種消極的心態會使一個人喪失大部分的人生樂趣。懂得走人生道路的人，都知道「重複」是生活運作的節奏，像音樂的「拍子」，但是曲調卻可以自由創造。我們應該駕馭節奏，創造曲調，用積極的態度面對每日的生活。

每日讀兩頁書，像是一種呆板的節奏，但是讀完一部《資治通鑑》卻是動人的曲子。

走遠路的人每天總是要「曉行夜宿」，但是從山海關沿著長城走到嘉峪關，就不僅僅是「曉行夜宿」了。

我們每日的生活像走路。人生的向上的追求像爬山。

有一位懂得爬山的朋友說：『爬山的大忌是奔跑。』

我問他為什麼。

他說：『爬一個兩公尺高的土堆，一路奔跑上去倒無所謂。如果是爬一座兩千公尺高的高山，你就別奔跑，因為你跑不了多遠就會出毛病。』

他的話是對的。

有一次，我跟一群年輕的學生去遊金盈瀑布。我缺乏經驗，一開始就踩著臺階，跟人比快，一心以為自己可以一口氣跑上山頂。沒想到還沒爬到半山，我的身子就發生缺氧病狀，支持不下去，只好坐在山路邊靜息，放棄了爬山。這是因為運動過分激烈，正需要大量氧氣補充，偏偏已經爬上了高地，空氣比平地稀薄，身體一下子適應不過來，就全面崩潰了。

有一次，我跟隨一個旅行團到馬來西亞去，大家一起遊「黑風洞」。洞在山頂，上山要走三百多級臺階。有一個年輕的遊伴，興致很高，一路奔跑，走在大家的前面。他走到離山頂只差十幾級臺階的地方，忽然臉色變白，雙腿一軟，坐在臺階上嘔吐起來，然後就閉上雙眼，十分痛苦似的，一動也不能動了。他跟我一樣，也犯了爬山的大忌。

會爬山的人，走的是一種爬山的步子。他邁一步是一步，穩重，踏實，有節制，不疾不緩，彷彿每一步該邁多遠，早就根據全程精密計算過了似的。缺乏經驗的人，總是憑一時的興致猛走一程，然後越走越慢，終於停了下來，再也無力前進。

用爬山來比喻我們對目標的追求，是最恰當不過的了。想爬千尺高山的人，都知道自己要走的路很遠，不是一下子就能到達的，因此他重視的是後繼力量的有無，不是一時的快慢。他邁出去的步子，都含有「抑制」的意味。那「抑制」，並不表示他不想再走，而是他想走得更遠。

我跟會爬山的人爬過一次山以後，也學會了不畏懼高山了。我把一座高山看成是由「一步一步」的腳步組成的，只要有能力邁步，只要懂得抑制，只要懂得調節，高山也是可以征服的。我甚至發現，一個人精力充沛的時候固然可以爬高山，就是在累了的時候也可以爬，只要他懂得抑制，只要他懂得調節。

去年在泰國北部的「清邁」，有一天，大家爬了一上午的山，下午下山經過雙龍寺。這座佛寺在小山頂上，要上去就得爬三百多級石階。許多人都放棄了，因為實在太累。我並不是不累，不過卻覺得這正是一個印證所學的好機會。我自覺還有爬「一級」石階的力氣，所以我就登上了第一級。然後我站在離平地只有八寸高的石階上看風景，休息休息，看看自己是不是覺得安適，是不是還能笑得出來，然後，我登上了第二級。我始終讓自己保持「不是走不動而是還沒發動」的狀態。我一樣氣不喘、色不改、腿不軟的爬上了山頂，計算時間，只比強壯的同伴晚到達了十七分鐘。

爬山是一個比喻。它代表積極的人生態度，代表向上發展的心理傾向。這種態度和傾向，能使我們的人生變得格外豐富；但是不必心急，因為這不是一種競爭，快慢沒有多大意義。

錢：價值的形象

許多年以前，有一天，我跟一位朋友談天。他是學心理學的，問我：『你對這個社會有什麼建議？』

當時我們談到的是一個「抽象觀念的具體形象」的問題。他特別提到西方世界古老的宗教劇。他說，傳教士很難向不識字的老百姓說明什麼是「誠實」，什麼是「仁愛」。他說，唯一的辦法，就是讓戲臺上有那麼一個神態令人起敬的角色，名字就叫「誠實」。他說，那個名字叫「誠實」的人所說的話，所做的事，以及在戲的結尾所得到的美好報酬，就代表「誠實」這個美德的一切。

他舉例說，如果那個名字叫「誠實」的演員，在戲裡有好報，那麼，那些看戲的野人就會想：『只要學「誠實」，就能得好報。』如果那個名字叫「誠實」的演員，在戲裡說了一句話：『我是「誠實」，我不能撒謊！』那麼，那些看戲的野人就會想：『要學「誠實」得好報，就不能撒謊。』

他的話使我發生了興趣。智慧低的人，沒有能力接受抽象的觀念，但是你可以把抽象的觀念化成形象，他們接受起來就不難。假如你問當時在臺下看戲的野人：『什麼叫「誠實」？』野人就會告訴你：『「誠實」就是戲臺上的那個人，穿的衣服很乾淨，留著很好看的長鬍子。』

我想，如果古代的某一個宗教劇團，因為經費不足，讓那個扮「誠實」的演員穿得破破爛爛的，而且鬍子也沒修剪，那麼，這劇團就要當心了。臺下的野人很可能就會說：『我不要學「誠實」，太難看，太窮了。』

我的朋友由宗教劇談到「錢」——就是貨幣。他說：『錢也是一種看得見、摸得到的形象，代表一種價值。』然後他問：『在我們的社會裡，錢代表什麼「價值」呢？』

我很用心的想，想了半天，才很謹慎的說：『在我們的社會裡，錢已經代表了「成功」、「幸福」、「能力」和「智慧」了。』

『問題就在這裡。你不覺得這裡頭有問題嗎？』他說。

我又細心的想了半天，覺得他的話很有道理。我不得不承認他是一個深思的人。錢實在不應該代表那些東西。

如果我們的社會，人人一心認為錢就是成功的形象，那麼，有錢的人就會不知不覺的露出浮囂的樣子。

如果我們的社會，人人一心認為錢就是幸福的形象，那麼，有錢的人就會不知不覺的露出浮誇的樣子。

如果我們的社會，人人一心認為錢就是能力的形象，那麼，有錢的人就會不知不覺的露出浮薄的樣子。

如果我們的社會，人人一心認為錢就是智慧的形象，那麼，有錢的人就會不知不覺的露出浮滑的樣子。

既然有錢就等於有「成功」（我的意思是指有成就），那麼，一死兒的要錢就等於追求成功，有什麼不對？

既然有錢就等於有「幸福」，那麼，一死兒的要錢就等於追求幸福，有什麼不對？

既然有錢就等於有「能力」，那麼，一死兒的要錢就等於追求能力，有什麼不對？

既然有錢就等於有「智慧」，那麼，一死兒的要錢就等於追求智慧，有什麼不對？

要是認為錢不該成為成功的形象，難道說，反倒應該成為「失敗」的形象？天下有這個道理嗎？

要是認為錢不該成為幸福的形象，難道說，反倒應該成為「痛苦」的形象？天下有這個道理嗎？

要是認為錢不該成為能力的形象，難道說，反倒應該成為「無能」的形象？天下有這個道理嗎？

要是認為錢不該成為智慧的形象，難道說，反倒應該成為「愚蠢」的形象？天下有這個道理嗎？

當然，錢不應該是壞東西的形象。錢應該是好東西的形象才對。那麼，錢應該成為哪一種好東西的形象才好呢？我們應該尋找這個答案。

這個答案很容易找，只有迷途而且痛苦的現代人才找不到。我們的祖先，在發明錢的當時，早就派給錢一個任務，要它成為神聖的「耕耘精神」的形象。除了「耕耘精神」，還有「服務精神」。錢同時也是「服務精神」的形象。為個人的發展，錢代表耕耘。為群體的幸福，錢代表服務。

如果我們再深入的想一想，就可以發現：把錢作為「耕耘」的形象，錢本身就成為一種「教育」；把錢作為「收穫」的形象，錢本身就成為一種「誘惑」。

我的朋友問我對這情形有什麼建議。我的建議就是：要把錢當作「耕耘」的形象，不要只把錢當作「收穫」的形象。

如果我們的社會，人人都認為錢是「耕耘」的形象，不把錢看成「成功」「幸福」「能力」「智慧」的形象，那麼，有錢的人，就會不知不覺的表現出一種很有耕耘精神的樣子。他看起來很勤勉，很樸實，很謙虛，很能吃苦耐勞。這種樣子，比起那浮囂、浮誇、浮滑、浮薄的樣子好得多了。

這種樸實，勤勉，謙虛，能吃苦耐勞的形象，既然成為有錢人的「造形」，那麼，那些希望自己一下子變得非常有錢的人，或者那些希望自己能有更多更多錢的人，為了「立刻」滿足心中的慾望，就會刻意的加以模仿。這麼一來，所謂「有錢人」就不會那麼令人討厭了。

我們都知道，在我們這個能夠充分體會自由經濟的效用，相當尊重個人經濟發展的社會裡，不但不反對人人有錢，而且是鼓勵人人從事生產，發展自己，滋潤社會。問題是，我們忽略了為有錢人塑一座理想的像。為什麼會這樣呢？因為我們完全忘了「錢」是「耕耘精神」的形象。我們錯把錢當作成功、幸福、能力、智慧的形象了。

這個錯誤，使我們的社會蒙害。一個人，走過一段艱辛的「耕耘之路」，變得有錢了，但是他不懂得扮演自己剛分派到的角色。他本來應該使自己有一種「很有耕耘精神」的樣子，使人覺得他很樸實，很謙虛，很勤勉，很能吃苦耐勞。但是他因為沒有依傍，或者說，沒有適當的好圖樣，只好拿老模子來派用場，極力裝出自己很成功，很幸福，很有能力，很有智慧的樣子，結果自然就會給人一種浮囂、浮誇、浮滑、浮薄的印象，成為一個令人討厭，讓人難堪的人了。

最近，我們都在電視新聞上看到了搶劫臺北土地銀行的那個嫌犯的形象。他有一種令人寒心的「理直氣壯」的樣子。他對於他所做的搶錢、傷人的壞事，一點兒也不覺得不安。他的態度，確實會使那些因為勤勉，因為能吃苦耐勞變得有錢的人寒心。他的邏輯似乎是：搶那些浮囂、浮誇、浮滑、浮薄的人的錢，算得了什麼！如果你是一個因為能吃苦耐勞而變得有錢的人，你會覺得他的態度很「公平」嗎？

儘管新聞記者把他的行徑形容為「智慧型犯罪」，我卻一眼就能看出他是一個智慧很低的人。他的思想，很淺薄，也很俗氣。他的大腦、官能，操作情形非常良好，但是缺乏智慧——用現代話來說，就是「認識不清」。有一位電視記者曾經問他為什麼要幹這件事情。他用一種「情緒語言」回答說：『要錢，要錢！』臨時又找了一個無法令人心服的理由：『要錢養老。』

其實，他的犯罪動機十分簡單：那些浮囂、浮誇、浮滑、浮薄的發財人曾經使他難堪，因此他憤恨不平，也想立刻成為一個可以令人難堪的人。他的犯罪，實在是一種「無智慧型犯罪」。

如果我們的社會，早早看清「錢」是「耕耘精神」的形象，不那麼幼稚的把錢看成「成功」「幸福」「能力」「智慧」的形象，那麼，我們的社會就成為一個十分殷實卻又十分樸實的社會，人人勤勉謙遜；浮囂、浮誇、浮滑、浮薄的風氣無從養成，那麼「無智慧型犯罪」就不會發生了。

我的朋友不是問過我對這個社會有什麼建議嗎？我不是建議「應該把錢當作耕耘的形象」了嗎？不過，這樣的建議還是太抽象；應該有個「更具體」的建議。那麼，我的建議就是：要在鈔票和硬幣上下工夫。

我的建議是：我們應該在鈔票上找一個合適的地方，也應該在硬幣上找一個合適的地方，印上或者刻上一句格言：「一分耕耘，一分收穫」。

鈔票上印上國家元首的玉照是必要的，這是萬國通例。但是在鈔票上印上銀行的「風景」卻不十分必要。我認為我們應該邀請國內有成就的書家來寫那句格言。這位書家的作品，印在十元鈔票上。那位書家的作品，印在百元鈔票上。這個作法，不但可以告訴全社會「這張鈔票代表耕耘精神」，同時也可以使鈔票成為藝術品。

這種新鈔票的效用是：使天天數錢的人有機會跟藝術親近，可以改善氣質，同時也使有錢的人不忘錢所代表的人生價值——耕耘精神。如果我們真能這麼做，勤勉、純樸、謙遜、善良的社會風氣就可以培養起來，犯罪的誘因也就自然消失了。

對抗時間的壓力

現代社會最流行的一個語詞是「壓力」，指的是現代生活給人帶來的那些心理壓力，或者說，精神壓力。

現代生活中的第一個壓力是「時間壓力」。

唐朝詩人李白，在〈春夜宴桃李園序〉裡說：『光陰者，百代之過客。』那時候，這位「過客」對人類還是很好的。這位過客從你身邊走過，像一陣不容易察覺的微風——用文言文來說，就是「若有若無」。那時候，人類社會還保有自己美好的生活方式，像一個快樂的村子；過客只不過是從村外走過。

現在，這過客卻已經變成橫掃大地的狂風。這過客像九級風，一天二十四小時狂吹不停，把人吸走，帶走，推走，趕走，逼走，弄得人群七顛八倒，七扭八歪，七零八落。一提起這位狂暴的過客，大家真是又恨又怕——又恨又怕，可是又不能不乖乖聽話；乖乖聽話，卻又很不甘心。

當初，那些「啟蒙時代的新潮分子」呼籲我們大家「要有時間觀念」的時候，聽起來很像是傳播人類進步的福音，我們並不知道「時間」有那麼可怕。

在我們「沒有時間觀念」的時代，我們只知道「如白駒過隙」是對時間的形容。現在，我們都「有時間觀念」了，「如白駒過隙」變成對我們的行動的最佳形容了。為了「趕時間」，我們從早到晚都在那裡奔走。我們的神經從早到晚都繃得緊緊的。因為繃得很緊，所以我們都有情緒不很穩定的現象。因為實在繃得太緊，有時候忽然繃斷了，我們就會崩潰——發一頓脾氣，或者惡意待人。

市面上有一種幽默的小冊子，大概是叫作什麼「愛的小書」的，用有趣的話為「愛」作闡釋。例如：愛是為太太買一瓶金蘭醬油。或者：愛是為子女訂購每坪二十四萬的新式公寓。或者：愛是以私房錢為先生買一部值三萬塊錢的百科全書。或者：愛是太太做飯我洗碗。

依據這個「愛的體例」，我們幾乎可以說：時間是到臺大醫院掛急診醫治胃潰瘍。或者：時間是每天吃六片胃藥。或者：時間是脾氣暴躁。或者：時間是便祕。或者：時間是神經衰弱。或者：時間是癌細胞。或者：時間是躺在病床。

一個現代人，如果不希望自己成為「時間的祭品」，最好的辦法不是逃避；是投入。我們最好培養一種對時間的「抗壓」力。我們要從盲目轉入精細，開始對時間作最細緻的研究，然後對它作嚴密的控制。我們要記筆記，而且隨身帶著「定時器」。

有一位工作非常忙碌的朋友對我說：『如果你每天肯花半小時的時間來研究你的時間，你會覺得時間壓力根本不存在。』當然，作這種研究，要有相當的想像力和豐富的經驗，同時還要清楚自己的優點和缺點。每天作這種研究的時候，一定要挑一天裡最沒有時間壓力的時間，心理上要保有一份優閒。

這種事情，我的朋友喜歡挑「前一天」的夜裡來做。他把「明天」要做的事情全部開列出來，然後——

我問他說：『然後再分配時間，對不對？』

他搖頭說：『不是單純的分配，是以自己受得了受不了作基礎，試著分配分配看。單純的分配，很可能產生可笑的結果，比如說，你必須用五分鐘的時間從臺北趕到桃園。』

在研究的時候，如果發現事情實在太多，吃不消，你就得狠心的刪。多少算是多，多少算是不多呢？

我的朋友說：『可能引起精神緊張的就算多。工作的時候，不至於破壞你的「從容」標準的，就算不多。』

有些事情，你必須延到兩天後，三天後，才能動手去做。有些事情，你必須在三天前，四天前，就開始積極的做一部分工作。因此，你必須有一張「本週的工作表」，一張「本月的工作表」，一張「全年的工作表」，把你設法延後的事情記下來。你對於每一件要辦的事情要有想像力，也就是「先見」。估計錯誤也會造成精神的緊張。

從事這種研究，雖然不就等於「工作」，卻是很有價值的「工作的工作」。你是為「工作」而工作。

你做不到的，就設法交給「明天」，不要動不動就搬出一個「拚」字來。「拚」是「病」的前奏。有的人有特別的本領，例如能比太陽起得早，或者能熬夜，或者能保持極端的冷靜。不過，這不是「拚」，這是一個人的「超能力」，一個成功者的特別本錢。「拚」會使人失去從容，會使一個人的情緒緊張，失去了抗壓力。

做過精密而且有意思的研究以後，你就可以拿一張紙，把明天必須做而且做得到的工作寫下來，註明每一件事情動手的時間。第二天，你只要依照「那張紙」去辦就行了。你的腦中不必有任何「記憶的負荷」，只要常常掏出紙來看就是了。

有一位朋友說，有一天，他下午三點半要開會。他預留半小時的「交通時間」，計畫三點鐘一定出發。他的一位同鄉，在兩點鐘的時候來電話，說是有事想跟他談談。兩個人約定在兩點半見面，談半個鐘頭，三點結束。談話的時候，我的朋友不停的看錶；他的同鄉也不停的看錶。他們談得很不自在，很不舒服，很緊張。他覺得很對不起他的同鄉。

後來，他就去買了一個懷錶型的小定時器，帶在身邊。從此以後，他就不再怕什麼「限時活動」或「計時活動」了。

他每頓飯後有十分鐘的散步。從前，這十分鐘的散步使他的精神很不寧靜。他要時時去看錶，不能好好兒的「散他的步」。現在有了小定時器，他就可以完全不必為時間牽腸掛肚，只要把定時針撥在「十分鐘」上，就可以毫無牽掛的散步。時間到了，定時器自然會叫——通知他該「換節目」了。

如果是像前面所說的，跟朋友約定談半小時的話，他也是只要撥一撥定時器就行了。他跟朋友可以談得很自在，很專心，不必老看錶。這也就是說：忘了時間的存在。當然，時間並不停止，但是不干擾他。這小機器讓他獲得不受時間逼迫的自由。這小機器使「時間暴君」變成一種資源。這小機器為他「守望」時間，在他必須「換一件事做」的時刻通知他。

我少年時代讀過一本書，書中有一個故事說：美國有一個忙人，卻能夠讀書破萬卷，祕訣是利用零碎時間來閱讀世界名著。那時候美國的所謂忙人，大概只是

「比常人忙一點點」的意思，恐怕沒法子跟現在的城市居民相比。不然的話，光是心中的焦慮，就足夠使他「連一個字也讀不下去」。

現在有了小定時器，所有的零碎時間就都成了你的財富——你一下子有了一袋子「時間的小硬幣」。一袋一袋的小硬幣，一天一天的積蓄下來，日子長了，可能就有好幾十萬。十分鐘，二十分鐘，你都可以拿來運用，只要你用手指頭撥一撥小定時器。

有一位朋友，十分鐘以後就應該出門去參加一個會議。我去看他，想邀他一起走，卻發現他正在專心的思索一篇就要動手去寫的稿子，手拿原子筆，在紙上畫來畫去。我不敢驚動他，就靜坐在他對面等他。我等了不到五分鐘，聽到定時器叫。他「醒」了過來，很驚訝的發現了我，高興的跟我開玩笑說：『你老人家來啦！』

通常，我遇到的「半小時後就應該出門去開會的人」，都是坐立不安，在屋子裡轉來轉去，什麼事也無心去做。他是一個例外。有了研究興趣，有了筆記，有了定時器，我們就不必再為時間所奴役。

有時候，我們常常耗很多時間去「伺候時間」。例如坐火車，乘飛機，本來是「優閒」的樂事，但是有人坐四小時的火車卻焦慮或憂慮了三小時。他怕自己會坐過了頭。其實，他只要事先能研究研究這一段路程要走多少時間，然後帶一個定時器上火車就夠了。他可以安心的在車上做自己的事情，用不著一路警醒，逢站必看，逢站必聽，焦慮不安。

我不大贊成「債多不愁」或者「船到橋頭自然直」的想法。我認為「不愁」是對的，但是要清清楚楚的知道自己負了多少債，而且要一一開列出來。我們應該每天讀一讀「負債表」，作個計畫，決定明天先還那一筆——讓自己每天都有一點「成就感」。

「船到橋頭自然直」是騙人的話。「船到橋頭會打轉」！我們應該事先研究研究船，研究研究橋頭，研究研究水流，研究研究「打轉」。如果打轉不能避免，你至少可以設法避免船不翻。

許多我們認為「現在已經無法避免」的事情，事實上避免的可能性很大，只是我們缺乏經驗。許多我們曾經認為無法避免的事情，有了經驗以後，第二回往往就能避免——那就是早作安排。早作安排的最好方法，就是每天閱讀自己的「工作筆記」：星期一知道星期六要做的事，二月裡知道四月裡要做的事，至少至少，今天晚上知道明天要做的事。

有一位家庭主婦，日子過得勞碌而且焦慮，得了胃病，去看醫生。醫生很同情她，問她每天能不能為自己爭取二十分鐘「什麼事也不做」的時間。她說二十分鐘也許太長，一刻鐘大概不會有問題。

醫生就勸她利用那一刻鐘，拿一枝筆，把明天要做的事情開列出來，然後作個安排。她照醫生的話去做，胃病果然好了。她不但不再「勞碌焦慮」，而且有了成就感，因為她已經成為「能夠實現計畫」的人了。

許多人的緊張焦慮，是因為他「每一個昨天」都不知道「每一個今天」會這麼忙。

不要因為公車老是過站不停而焦躁。你應該預作安排，在昨天晚上就已經想到。

你應該挪挪等車的時間，或者索性把等車時間加倍來計算。

「當真」精神

一個人如果懂得利用閒暇做些有益的事情，早晚會有些成就。利用的既然是閒暇，那麼所做的事情也可以看成「玩兒」；玩兒是玩兒，卻要玩得認真：這就是我所說的「當真」精神。

「當真」，並不是指名利心。一有了名利心，一個人就很可能為名利而造假，那就不是真正的「當真」了。我所說的當真，至少包含三層意思。第一，是注意力的高度集中。第二，是充滿探索的興致。第三，就是有恆心。

我所讀過的最有名的「當真」故事，就是《儒林外史・楔子》裡所敘述的王冕故事。王冕在雨後觀看池中的十來枝荷花，「苞子上清水滴滴，荷葉上水珠滾來滾去」，動了心，就興起了『天下哪有學不會的事？我何不自畫他幾枝！』的想法。他有了探索的興致。「自此，聚的錢不買書了，託人向城裡買些胭脂鉛粉之類，學畫荷花」。一有了行動，就是我說的「當真」，就不再只是想想。

王冕「初時畫得不好，畫到三個月之後，那荷花精神顏色無一不像，只多著一張紙，就像是湖裡長的，又像才從湖裡摘下來貼在紙上的」。從這些敘述裡，可以知道故事裡的王冕，在「當真」以後，注意力能夠高度集中，而且很有恆心，因此也獲得了令人羨慕的成就。

在故事裡，少年王冕的職業是替主人放牛。放牛的工作中有許多閒暇。這些沒事做的時間，如果王冕什麼事也不做，並不算犯了什麼過錯。如果他利用這閒暇來做些有益的事，那是他的聰明，證明他的智慧比別人高些。如果他能當真，能為自己想做的事忙起來，他就會有成就。「當真」精神是使貧乏人生豐富起來的祕訣。

故事裡的王冕，具有一種很特殊的稟賦，那就是懂得「耕耘人生」。放牛本來是一件很無聊的事情，但是他懂得把每日的點心錢攢下來，聚到一兩個月，向「闖學堂的書客」買幾本舊書，坐在樹蔭下讀。有了想法，又有行動，就是當真。這「當真」精神，使這個放牛孩子的生命品質比一般的放牛孩子高出了許多。到了他為荷花的美動了心，而且真的想學畫荷花的時候，他的生命品質更高了。他由不讓自己閒著，進入了有所追求，有所建設的境界。

一個人進入了這種境界，只要有恆心，最後必將為社會所接受，達成「個體與群體的和諧」，獲得豐富的人生。我們讀王冕的故事，可以知道元朝末年的社會，在接受有價值的個人方面，表達方式跟現代社會相差不多。社會怎麼表達對一個有價值的個人的接受呢？那就是用錢去酬勞，用錢去買代表那個人的價值的作品。

「錢」是一種「語言」。我們可以接受代表美意和報答的語言，可以拒絕誘惑的語言，但是沒有理由譴責語言。現代人都必須設法適應這一點。

王冕故事裡說，王冕的荷花畫得好，「鄉間人也有拿錢來買的」。這就是說，王冕畫荷花的成就，為鄉間人所接受，而且有了適當的表達。故事裡說，後來，「一傳兩，兩傳三，諸暨一縣都知道他是一個沒骨花卉的名筆，爭著來買」。這就是說，王冕的成就，為整個諸暨縣的社會所接受，而且有了適當的表達。鄉間人的美意，使王冕能夠「得了錢，買些好東西孝敬母親」。整個諸暨縣的美意，使王冕能夠「漸漸不愁衣食」。

這個為社會所接受的王冕，獲得了最豐富美好的人生。他過的是最令人羨慕的日子：「每日畫幾筆畫，讀古人的詩文」。他只做自己樂意做的事情，擺脫了他並不很想做的放牛工作，卻能夠不愁衣食。天底下有比這更幸福的嗎？這一切，都是他的「當真」精神為他帶來的。

王冕的故事只是一個故事，在真實的生活中，是不是也有這種可能呢？美國發明大王愛迪生的一生，提供了一個肯定的答案。愛迪生只愛發明，一生所做的事只限於發明，他的「當真」精神，使他能夠享受豐富的人生。

美國汽車大王福特，曾經在愛迪生的實驗所做過事。愛迪生對他說過一句話，使他一生難忘。愛迪生說：『這個實驗所裡沒有什麼指令，每個人必須自己去找事情做。』

大多數的人都沒法子適應這樣的工作環境。自己找工作做？很好。大多數的人會為自己找「喝茶和看社會新聞」的工作，讓光陰虛度。真實的人生也一樣，在我們的閒暇中，同樣也沒有指令。大多數的人為自己找的，大半也都是些跟「喝茶和看社會新聞」相差不多的工作，讓光陰虛度。很少有人會像王冕那樣，找一件有益的事，充分發揮「當真」精神，讓自己忙起來。

有些人，念完大學去就業，工作二十年，大家再看到他，彷彿他已經退化成小學生，給人一種「貧乏人生」的印象。有些人，念完大學去就業，工作二十年，大家再看到他，彷彿他又念了五六個大學，給人一種「豐富人生」的印象。其間的差異，跟一個人會不會利用閒暇，能不能發揮「當真」精神有很大的關係。

我所說的「當真」精神，也就是自己找事情做的意思。

有一位朋友，買了一本小學國語辭典，利用閒暇測驗自己念不出來的字到底有多少。他當真的下工夫做測驗。不久，他製成了一份普通人都不會念的「三百個生字表」。本來他想把這份字表定名為「常用生字表」，但是這名稱未免太滑稽，只好作罷。他繼續在國字的讀音方面用心。兩三年後，他念字音的正確，早已超過一般大學教授和校長，成為一個小小的專家。

社會開始接受他了。有好幾位家長，請他為自己的兒女講國文，每週一次，而且對他也有適當的「金錢表達」。他也很樂意接受。他對字音很在行，可是國學知識並不豐富，因此每次上課以前都要「準備」。這一來，他的國學知識也越來越豐富了。其實，豐富的不只是他的國學知識，他同時也獲得了豐富的人生。

本來，他的一生命定要過得十分無聊，除了迷迷糊糊的陪著別人亂扯一些社會新聞，再也沒有別的了。就憑著在閒暇中湧起的那一股當真精神，他改變了自己的一生。本來，他跟社會是「疏離」的。現在，他為社會所接受。閒暇中的當真精神，為他帶來了個體和社會的和諧，為他帶來了幸福和快樂。學生越來越多了，他不得不由原先「挨家去教書」的方式改變成「讓學生到家裡來上課」的方式。

他辭掉了自己並不十分喜歡的工作。太太為他搬了一次家，為他準備了一個房間，四壁都是他的藏書。他在那房間裡教書，作研究，不但自己工作方便，而且也讓學生隨時有機會看到摸到他所介紹的好書。他品嘗到王冕和愛迪生所品嘗過的「豐富人生」的快樂。他幸福，而且衣食無憂。

利用閒暇所完成的小事，雖然在「量」的方面無法滿足雄心萬丈的貪心人的胃口，質地卻往往非常精緻。

奧國修道士「孟德爾」，利用閒暇種豌豆，不是為了當菜吃，也不是為了賣錢。他發揮「當真」精神，拿豌豆做實驗，研究植物的顯性遺傳和隱性遺傳；一切的一切，只為了解答心中的疑問。他是一個內心生活非常充實的修道士，是一個不貪求什麼的理性人，在「豌豆研究」方面能夠從容不迫，保持高度的客觀。他的研究成果「孟德爾定律」，為人類增添了新知識。我們很難記住千千萬萬修道士的名字，但是忘不了「修道士孟德爾」。他的名字，是全世界所有的中學生都要「讀」，都要「考」的。這就是中國人所說的「萬世留芳」。我們從他的生平所學習到的，就是：豌豆裡含有無價的知識。

有一個高中生，跟所有的高中生一樣，都知道屈原寫〈離騷〉。唯一的不同是，他深深感覺到〈離騷〉確實不好懂。他發揮了高度的「當真」精神，利用閒暇去研讀〈離騷〉，從第一句開始：『帝高陽之苗裔兮，朕皇考曰伯庸。』句子越不好懂，他越想把它弄懂。就這樣，這個高中生竟很認真的研讀起兩千多年前這一首有四百句長的古典抒情詩來了。

他弄懂了一句以後，就試著把那七八個字背下來。他興趣很濃，也很有恆心，最後竟成就了一樣本領，就是背得出這首屈原的長詩，成為少數會背〈離騷〉的中國人之一。這件事情為他帶來了快樂和自信。在學校裡，老師和同學都為這樣的一件有意思的事情對他十分尊重。同學把他當「朋友」看待不必說，老師竟也把他當「朋友」看待了。他成為一切知道「屈原寫〈離騷〉」的人的好朋友。學校裡的師生都知道他有一個外號：「屈原」。

在閒暇中發揮「當真」精神，做一件「向上」的活動，不管那事情是多麼小，卻能使一個人一生過得非常充實。

有一次，我跟一個中學同學見面，兩個人回想當年在學校裡所受的「苦」，就一起背起〈桃花源記〉來了。好不容易背完了全篇，兩個人竟高興得擁抱在一起。他的太太在旁邊看得眼圈兒紅紅的。問她為什麼哭，她說：『你們真幸福啊，你們真幸福啊！』

在閒暇中找一件含有「向上」意味的小事來做，發揮發揮「當真」精神，就可以把自己帶領進「豐富人生」的境界。我們都知道工作可以使人覺得充實，但是忽略了閒暇同樣也可以使人覺得充實，只要你能在閒暇中發揮那麼一點「當真」精神。

「專注」的可能

現代人最常抱怨的是「時間的割裂」，意思是不能不做的事情太多，一件跟著一件來，第一件事還沒做完，該做第二件事的時間又到了，整天忙忙碌碌，結果卻一事無成。

造成時間割裂的原因很多，其中最重要的兩項是通信方法的繁富和交通工具的進步。

通信方法中最方便最省錢的是電話。電話對我們生活的安全和勞力的節省有很大的貢獻，卻使我們永遠失去了「自己的時間」。一天二十四小時裡，你一直生活在電話的控制中。只要鈴聲一響，你的一切安排都要受到嚴重的破壞。如果你計畫在晚飯以後練一練毛筆字，接二連三的電話可以使你連一個字也寫不成。如果你計畫下班以後在家裡洗洗頭，電話能使你「一沐三握髮」。如果你安排好了要消消停停的吃一頓飯，電話能使你「一飯三吐哺」。

交通工具的進步，對我們生活的安全和勞力的節省一樣有很大的貢獻，但是也因此使我們很大膽的每天為自己安排接近極限的活動，使我們只顧炫耀自己一天能為多少件事奔走，卻忘了我們已經用盡了所有的時間。

現代人最喜歡談論個體和社會的「疏離」，個人在群體中的「孤獨無依」。對「自我封閉」的少數人來說，這是一種真正的感覺。事實上，對人多數健康的人來說，現代社會實在太熱鬧了。你喜歡我，我喜歡你；你需要我，我需要你；你幫我的忙，我幫你的忙：你想「孤單」都孤單不起來。只要你是正常的，你就會發覺群體和個體之間存在著一種「親和」而不是「疏離」。人際交往的密集，是現代生活的特色。一個住在臺北市南區的人，可以很自然的在電話裡跟住在臺北市北區的人說：『十分鐘以後見面。』然後走進一輛計程車。在臺北念大學的兒女，隨時都可以跟住在高雄的父母通電話。

這種情況，使現代人對「空間距離」印象模糊；對時間的喪失，感覺越來越清晰。什麼時候你心中興起一個自我鍛鍊的念頭，什麼時候你為自己安排一個小小的計畫，就在你「心靈世界」曙光初露的時候，緊跟著來的就是你對「時間割裂」的嘆息。你發現你什麼事情也無法做，因為你根本沒有比較固定的屬於自己的時間。

時間的割裂使我們懷疑「專注」的可能。如果「專注」真的是不可能的，那麼我們就會喪失對人生的預期。

有一個關於一個愛打牌的人的故事是這樣的：

一個愛打牌的人，吃過晚飯以後告訴太太說他要出門去「看看朋友」。太太希望他戒掉這個沒多大意思的嗜好，就派給他三件事情，要他當天晚上全部辦完。他滿口答應，而且立刻去辦。結果是，八點正的時候他仍然準時到達牌友的家，端端正正的坐在牌桌上，聚精會神的等著他的上家打出第一張牌。他發揮了驚人的辦事能力，在一個小時之內辦完了太太交辦的三件事。本來，那三件事辦起來都十分費事，同時也十分費時，卻「絆不住」他。濃厚的興趣使他徹底征服了時間的割裂。

有一個愛下棋的人，常常爲了下棋，飯也不吃，覺也不睡。有一天早上，太太爲了改變改變他這種生活方式，特意交代他好好兒照顧這個家，一個人回到娘家去歇歇。傍晚時候，太太回來了。她看到的是大門洞開，大孩子和家裡那隻狗都跑掉了。第二個孩子躺在地上睡覺。第三個孩子坐在床上哭。廚房裡的爐子是涼的。飯桌上什麼東西都沒有。後來她到後院去看看，總算找到了她的丈夫。

那個愛下棋的丈夫，跟一位棋友躲在院牆下，一語不發，正在作「長考」。還是那位棋友先發現有人來了，說了一聲：『是誰來看你來啦？』

愛下棋的丈夫回答說：『別打岔！』

可見只要興趣夠濃，「專注」並不是不可能。一個對下棋有濃厚興趣的人，心中除了下棋以外，根本沒有「環境不許可」這種事，也沒有所謂「時間的割裂」。他的時間比誰都完整。有一句話說：『一個不常看電影的人，並不是因為沒有時間，實在是他看電影的興趣不夠高。』

有一個工作十分忙碌，卻「什麼電影都看過」的人，向朋友解釋說：『工作忙是一回事，我確實很忙。看電影是另外一回事，電影對我有強烈的吸引力。』

有一次他在電影院碰到一位朋友。朋友問起他的近況，他搖頭嘆息說：『忙啊，常常忙得連吃飯睡覺的時間都沒有。』

他是夠忙的——當然，看電影完全是另外一回事。

有一家雜貨店，生意很好。這家雜貨店的老闆儘管每天忙得不可開交，店裡的帳卻記得十分完整，真是做到了一筆不落。店裡事情那麼忙，怎麼會有時間去記那些帳。他一本正經的把這個祕密告訴了那個好奇的人：『做生意怎麼可以不記帳？』

可見憑著興趣和信念，儘管「時間割裂」，「專注」仍然是可能的。

中國最有名的「專注」故事，是唐代詩人賈島的「推敲故事」。他為了推敲詩句中該用一個「推」字好，還是用一個「敲」字好，竟一邊走路一邊舉手比畫，一路又推又敲的，像一個傑出的啞劇演員。路人停下來觀看，以為他出了什麼問題。專注能使一個人「神遊象外」，當然更無所謂時間的割裂。一個人在馬路上專注到像賈島那樣的程度，最容易發生交通事故。其實賈島當年確實發生了交通事故，撞上了京兆尹韓愈的車騎，運氣的是當時韓愈坐的不是速度很高的汽車。

美國發明家愛迪生，同時也是一個「專注家」。他因為專心思考，竟沒法回頭。稅務人員要他報出自己的名字，他怎麼樣也報不出來，真正成為一個「忘了自己的名字的人」。

生活像流水，一個人如果希望自己能有一點成就，就不能順水漂流。他必須游泳，有自己的人生目標。游泳需要一點專注精神，不能失去方向。

專注使一個人有成就，使一個人的工作容易見成績。專注是一種力量，使我們能夠徹底征服時間的割裂。

有一個大學生在畢業那年告訴他的老師說，他決定好好兒的學習義大利文。

十年以後，師生見面，老師問學生義大利文學得怎麼樣了。學生回答說：『工作太忙，家裡零零碎碎的雜事也太多，根本沒有那個時間。』

老師哈哈大笑說：『你不管怎麼忙也不會比我更忙。我比你多一個孩子，家裡零零碎碎的雜事不比你少。我年齡比你大，人際關係也比你繁富。我是聽了你的話以後，跟你同時學習義大利文的。現在我相信我學的已經比你多得多了。你不是太忙，你是興趣不夠高。』

一個人只要能定得下心，發揮專注的力量，確實可以把時間「收歸己有」，成就不少事情。不過，有一點必須留意的，就是專注同時也會為我們帶來人際關係上的「交通事故」。這一點我們不能不提防。

現代生活的特色是人際關係的繁富。為了「交通安全」，我們的手要勤，要為該做的各種事情留下紀錄，成為一份「檢查表」。一旦發現似乎有可以利用的時間，決意全心投入去做自己愛做的事情以前，先看看這份「檢查表」，看看我們是不是有該盡的責任未盡，該做的事情未做，能夠「擁有」的時間到底有多少。先了解「交通情況」，然後再投入。

定時器幫助我們解決這一方面的困難。我們可以把計時的工作交給定時器去負責，然後全心全意的去鍛鍊自己或進行新的學習。你不必擔心發生人際關係的「交通事故」，定時器會在適當的時間把「神遊象外」的你喊醒。

我們現代人的時間儘管被割裂了，但是我們卻不能因此放棄思考、吸收和創造。我們只有把被切斷像「刪節號」一樣的時間重新組合起來，形成「跳蛙」式的完整，充分加以利用。許多分散的「片刻」，仍然可以做出大事來，只要我們懂得運用。在頃刻間進入「專注」狀態，是現代人必須學習的本領。

有一句話說：『為興趣而全神投入容易使人有成就，為成就而設法投入容易生悔恨。』

時間的運用要以興趣為主，但是應該設法避免選擇了對人對自己有害無益的興趣。

興趣也不能太廣。興趣太廣只不過是為自己造成沒有意義的忙碌。嚴格的說，蜻蜓點水式的百樣努力，差不多就等於白努力，甚至是不努力。具有好熱鬧性格的人，做事沒有長性，興趣的堆積像「堆薪」，後來者居上，那結果當然是一事無成——儘管每天都在為新的興趣努力。頃刻間進入「專注」狀態固然很難，更難的是能守住平凡，以長期的努力使那平凡發出奪目的光彩。

從人生的樂趣來說，任何一件小事都值得去做，只要你能在那件小事上表現出你的傑出。有一位家庭主婦，利用每日生活中幾次「片刻」，有恆的讀完一遍《古文觀止》，讀完一遍《唐詩三百首》。事情儘管很小，卻表現了她傑出的有恆精神，使她覺得人生充滿了樂趣。

世界上本來沒有什麼叫作「傑出的事情」等著人去做。只有傑出的專注，傑出的有恆，才能夠使人有成就。這成就，指的是使社會得益處。個體和群體的親和，使人內心有幸福的感覺。我們不得不承認，對現代人來說，專注仍然是可能的，幸福仍然是可能的。

在一點上奮進

我少年時代讀過英國思想家羅素寫的那本親切的讀物《幸福之路》的中文譯本。羅素把那本書分成兩大部分。前半部是「不幸福的原因」，後半部是「幸福的可能」。每一部分，由幾篇親切的散文組成。每一篇散文都飽含著智慧。

這本書所以能引起我的閱讀興趣，主要的原因是書中所接觸到的，幾乎都是人人可能接觸到的人生問題。書中所提到的事實，幾乎都是人人可能面臨的人生遭遇。

羅素是一個愛思想的人。他的書表現出一種「為讀者思想」的精神。他跟讀者站在同一個立場、同一個出發點開始思想，然後，逐漸的，發揮他的思考力，使讀者因為他思想的深刻而得到不少好處。

他的見解有獨創性。所謂獨創，並不是把舊有的美好的東西全部毀棄，而是使舊有的美好的東西增加了新成分。所謂「新」，所謂「獨創」，真正的含義就是「增添」。

跟比較平庸的思想家比較起來，那些比較平庸的思想家只能稱為「思想編輯者」——他們像抓藥似的，抓來的都是適用的現成的思想。羅素的思想，對讀者來說，會激起一種「發現」的喜悅。這是最值得我們珍惜的。

我最難忘的是書中一個有關英國茶商的故事：

那個茶商在倫敦開了一家茶葉店，賣的是中國茶葉。他和太太感情很好，夫婦共同經營茶葉店，生活無憂無慮，只盼兩個人能夠永遠在一起，過一輩子幸福美滿的神仙日子。

沒想到，他們剛到了暮年，太太就獨自先到一個「更美好的地方」去了，留下先生獨自一個，過著淒涼歲月。

先生的傷心，寂寞，以及對於命運惡毒安排的那一股悲憤心情，幾乎使他沒法子再把日子過下去。

我猜想，在最初，他心中必定想好了種種的「斷然措置」，不過他並沒實行。原因是：生命是可愛的，神聖的；生命的變化，連智慧最高的人也無法根據眼前的客觀情況作預測；因此，人人對自己的生命有照料培植的責任；毀棄自己的生命，在基本上是一種罪惡，並不因為那可愛的生命是「屬於自己的」，就使那罪惡減輕——這就如同一個人傷害了子女，那罪惡，並不因為子女是「屬於自己的」，就減輕了。

斷然的措置既然不為自己的良知所許可，可是日子又實在過不下去，他該怎麼辦？他在哀痛昏迷中度過了一段日子。有一天，他手裡拿著一罐茶葉，坐在椅子上出神。他的大拇指所按的地方，正好是一個中國字，「茶」。這是這幾年來，他所認得的有限的中國字之一。也許除了這個字以外，他還認得「中國」兩個字，甚至，還有三個最好認的中國字，「一二三」，他也認得了。不管怎麼樣，當時的那個「茶」字，給了他一種親切的感覺，給了他一些感觸。

我猜想，他的感觸之一，就是這個「茶」字，最能代表他跟太太在一起的那一段日子。這個字給他溫暖的感覺，也使他紊亂的心情穩定下來。他開始學習中國字。

一個萬念俱灰的人，一下子轉變成積極，是一個奇蹟。造成這個奇蹟的就是「興趣」。

這個英國茶商自從開始學習中國字以後，他的心力甦醒了，而且慢慢的集中在一點上。也許他對其他的一切事情，態度仍然是消極的，但是在學習中國字這一點上，他的態度卻逐漸積極起來。這積極，就像一顆種子，一旦抽了芽，就會慢慢的生長，越長越大，越長越高。這積極，雖然在剛起頭的時候，只凝聚在一個小點上，但是它會逐漸擴大，慢慢的膨脹，給生命的整體一個良好的影響。

幾年以後，這個英國茶商恢復了對人生的興趣。朋友們都知道他認得中國字，常常拿一些用中國字寫的信件去向他請教。他認識的中國字越來越多。學習過程中的種種心得，累積起來，使他覺得想說的話也越來越多，怎麼說也說不完。

有一天，有一個知心朋友問他是怎麼從消極中掙扎過來的。這句話促使他去重溫自己的掙扎過程。他的答覆是：在一件小小的事情上採取比較積極的態度。

最使人感動的是他在恢復對人生的興趣以後所說的一句話：『我想，我太太在天上所盼望的，也就是我能夠不因她的離開而崩潰，仍然能夠生活得很充實。』

羅素在他那本書中，所說的這個英國茶商的故事，落筆十分簡潔，但是在我心中，卻引起了豐富的想像。我知道我的重述早已超過他原有的字數。我對這件事情怎麼解釋呢？我只能說，這是因為他的思想刺激了我的思想。他那簡短的故事在我心中擴散，使我有許許多多的話，怎麼說也說不完。

羅素用這個簡短的故事來闡釋他的思想。他要處理的問題是「幸福的可能」。具體的說，他要解答的問題是：人生的苦難無法避免；一個人在苦難的襲擊下，是不是還有幸福的可能？他找到了答案。那答案實在很簡單，就是要有「積極的生活態度」。

積極的生活態度並不是那麼容易建立起來的。一個哀傷痛苦的人，如果是想積極就能立刻辦到，那當然是一件好事。事實上是，這種事情很不容易。因此，在萬念俱灰和全面積極的當中，要有適當的過程作緩衝。那就是，從一件小小的事情開始，也就是從一點開始，然後再擴充到面。換句話說，一個人無論怎麼灰心消極，只要他能夠在一點上奮進，那麼，他仍然有獲得幸福的可能。羅素提到那個英國茶商的故事，目的就是要說明他的這個想法。有一位家庭主婦，遭遇過許多人生挫折，厄運似乎始終不肯放過她。慢慢的，她竟變得萬念俱灰，覺得生活乏味，不再關心任何事情。幸虧她很喜歡花，臥室的窗臺上就擺著一小盆她種的花。

有一天，她無意中發現那個小花盆裡的土已經乾裂，那株花也眼看就要喪失了生機。她從小喜歡花，一看到那情景，心中有些不忍，就去倒了半杯清水，讓盆中的土和花，都得到了滋潤。她忽然湧起一個念頭：『我要救活這株小花。』這件事情，對別人來說，也許很難，但是她不同。她從前種過花，有些種花經驗。她知道這株花還可以救活，只要她肯去做。她肯，而且是下了決心的。她的態度十分積極。儘管這是一件很小的事情，但是一顆「積極」的種子，已經在她心中抽芽。

她救活了那盆花，也體驗到一個人在「積極的從事一件工作」的時候，心中那種寧靜幸福的感覺。為了使那寧靜幸福的感覺能夠延續，同時也因為興趣已經激起，她種了第二盆花。有了第二盆，就有第三盆；有了第三盆，就有第四盆。她逐漸發現，種花竟能使人那麼忙，忙得使她不得不學習一點「支配時間的藝術」。她同時也感覺到，花卉也有天性，分門別類，各不相同；因此，如果你要照顧花，你就得先了解花。這一點，提升了她的人生境界。她領悟到，跟人相處，應該有一顆謙虛的心，應該先學習同情與了解。她問自己一個大膽的問題：『為什麼我不能灌溉人像灌溉花？』

她改善了自己的人際關係，生活中第一次出現了喜樂。她不再介意自己以往受過的挫折，因為她已經能夠不再把那些挫折看成天崩地裂。她知道別人也有挫折，也失意過，也痛苦過，只是別人能夠掙扎過來就是了。

「在一點上奮進」，使她重新獲得幸福。

人生的苦難是無法避免的。遭遇苦難的人，難免因為痛苦、哀傷，變得灰心消極。這一切都沒有大礙，只要我們能至少在一件有意義的事情上保持積極就夠了。這就是「在一點上奮進」。

一個在消極悲觀中仍能「在一點上奮進」的人，必定能在絕望的環境中積累下一些珍貴的成績。那些小小的成績會逐漸凝聚成一股力量，終於成為帶他衝出黑雲的一對堅強的翅膀！

「積極」的故事

我年輕的時候，曾經參加過中文版《讀者文摘》的一次翻譯比賽——把英文翻成中文。那時候，香港版的中文《讀者文摘》還沒開始發行，我們讀到的是臺灣版的中文《讀者文摘》。我喜歡把那個時期的中文版《讀者文摘》叫作「黑白《讀者文摘》」，因為當時這裡的印刷條件不夠，原書的彩色標題和彩色插畫，一律用普通照相版翻製，都變成黑白的了。等到香港版的中文《讀者文摘》發行的時候，所有彩色插畫都用原版的分色片來印製，我就叫它「彩色《讀者文摘》」了。

在黑白《讀者文摘》的時代，這份雜誌的編輯工作是非常艱辛的。發行人要託朋友在美國買兩本剛出版的即期美國版英文《讀者文摘》，撕成單頁。因為原書每頁的正反面不一定同屬一篇文章，所以要買兩本原書，才能分別湊成一篇篇的單篇文章。然後，每兩篇裝進一個航空信封，陸陸續續的寄到臺北來。

發行人接到這些單篇以後，就分別找特約的譯者進行翻譯。等譯稿湊齊了，發行人訂閱的英文《讀者文摘》也寄到了。編輯人就根據那本原版的新雜誌安排順序，使中文版有適當的呼應。中文版正式出版的日期，正好比英文版晚一個月。工作程序儘管是這樣安排了，但是妥善的翻譯一篇文章往往很費時日，因此中文版《讀者文摘》不但要比英文版晚一個月，而且常常脫期。

我還記得發行人陳先生和編輯人汪先生的模樣。他們待人和藹親切，談話做事，從容不迫。他們的工作應該是十分勞累，十分緊張的，但是他們給人的印象卻像兩個快樂的活神仙。發行人陳先生對他的中文版《讀者文摘》有一套理想。『譯文應該是純正的白話文，譯者還要懂得用淺淺的文字去表達得很生動，目標是讓一般的主婦都看得懂。』他說。

陳先生又說，雜誌封面上「讀者文摘」四個字是請于右任先生寫的。于右任先生本來所寫的是飽含中國「書法美」的四個草書字，而且是只求字的美好適用，不肯依俗套在字的左下方題上「于右任題」的字樣。這四個字本來很漂亮，但是發行人陳先生卻認為這四個字不好認，一般讀者看不懂，就硬著頭皮再去求見于右任先生，向他說明不能採用這四個字的苦衷。

他說，最令他感動的是：于右任先生不但不發火，反而笑咪咪的答應另寫幾個試試，一定要設法寫得讓雜誌的讀者看得懂。

習字的人，想成為偉大書家的人，所追求的是字的好，字的美，字的藝術；但是一個字寫得很好，寫得美，寫得「藝術」的人，卻重視起「字要讓人看得懂」的問題來：這件有意思的事情的深刻含義，值得我們深思。

于右任先生終於「練」出了一般讀者看得懂的「讀者文摘」四個字來了——把那四個字「行書化」了。老人家把「可以看得懂」看成對他的作品最大的讚譽。他為這件事高興！

編輯人汪先生，從英文《讀者文摘》創刊起，就一直是那一份雜誌的讀者，一期也不落。他形容自己是《讀者文摘》的老朋友。《讀者文摘》的文字風格，他是熟悉的，要他翻譯《讀者文摘》裡的文章，他當然拿手。問題是，《讀者文摘》的文字雖然是「淺出」的，文章的內容卻是「深入」的。翻譯這樣的文章儘管可以不查字典，卻不能不參考相關的書，不然的話，最容易因為「不明事理」而譯錯——不是字認得不夠多，而是對專門知識陌生。這樣一來，他翻譯的速度就不能很快。他需要一些助手。這就是那一份黑白《讀者文摘》要舉辦翻譯徵文比賽的原因了。

我跟他們二位接觸，心中有一種奇異的感覺，那就是：我從來沒遇見過這樣的心靈成熟而情感卻非常單純的人。他們有夠豐富的知識和夠豐富的人生經驗，但是做事、待人卻像純真善良的小孩子。事實上，我參加那次徵文比賽，並不是因為我的勇敢和進取。相反的，我的參加，是為了治療我不該有的沮喪和消極。我覺得我必須趕快把我渙散的精神凝聚成一股小小的堅實力量，選擇一件小小的難事，然後用最積極的態度去完成它。一個人只要能在一件事情上積極，就不會倒下去。所謂「一件事情」，可以是「任何事情」，只要不害人、不害己就行，連「蒐集火柴盒」都算數。我選擇的恰好是參加徵文比賽。

我所以能夠跟他們兩位長者見面，是為了去領取獎金。其實，在我完成譯稿的時候——不，更精確的說，在我全心全意從事翻譯的時候，我早已治好了我的沮喪和消極。能重新用積極的態度去面對人生，已經是我得到的最大的收穫，現在竟還有獎金拿，當然更使我愉快萬分了。但是，還有比「愉快萬分」更令人愉快的，就是能遇到兩位快樂的活神仙。當時，我真想請教兩位長者：『是什麼使您能這麼平靜，這麼自在，這麼愉快？』

我從汪先生無意中說出來的一句話裡，得到了答案。『就憑一股傻勁。』我記得他就是這麼說的。這句話裡的「傻勁」，尤其是那個「傻」字，最有意思。為什麼說是「傻」呢？那就是：別人不肯，我肯；別人不要，我要。「傻勁」不是「聰明勁」。如果你選擇的是一件人人注目，人人爭奪，人人想要的事，那麼，你想獲得心靈的平靜就不那麼容易了。

我體會到的是，一個人只要能在一件事情上積極，就不會倒下去；但是，那

「一件事情」必須是不那麼容易遭人破壞，而且自己必須多少吃點兒苦頭的。比如說，自修德文，就是一個很好的選擇。別人頂多跟你比賽德文，卻沒法子搶走你的德文。培植「積極」的幼苗要特別小心。「積極」的幼苗需要特殊的照顧，因為在剛起頭，它並不是一棵樹。

徵文啟事裡規定，參加者可以在早期的英文《讀者文摘》裡任選一篇「未經人翻譯」的文章，細心翻譯成中文以後，連同原文一併寄到雜誌社去參加比賽。我選擇了一篇我喜歡的文章，原文的篇名是〈動亂時代的信心行為〉，也就是「風雨生信心」的意思。我在這篇文章裡讀到一段記事，大意是說：西元第四世紀，耶穌教的聖者「聖．傑羅姆」，在最惡劣的環境中，靜心的根據希臘文的稿本，把《聖經》翻譯成拉丁文，完成了那部有名的標準本拉丁文《聖經》。這篇文章所強調的是信心。我卻在這段記事裡發現一個治療沮喪和消極的方法：找一件有意義而且適合自己興趣的事，全心全意去做。「全心全意去做」，是一種積極的態度。一個人只要是積極的，就不會倒下去。沮喪、灰心、消極、怨恨，會腐蝕一個活活潑潑的生命。

截稿日期還早，我的時間是很充裕的。我檢視一下原文，再計算一下日期。我簡直可以一天只翻譯一小段，也就是三四句話。我全心全意的做。第一天，精神還不能集中，做得很吃力。第二天，興趣來了，心力也能集中了。沮喪不見了，灰心不見了，消極也不見了。我發現我已經能用十分積極的態度來翻譯這篇文章。我恢復了精神的活潑。

我得的名次是很高的，而且還有獎金拿。不過，我譯得太慢了，拿它當職業是不行的。不行是不行，那次翻譯卻治好了我的沮喪。

不要以為我說的是「從事翻譯可以治療沮喪」。如果你存有功利心，從事翻譯也許會使你更加沮喪。一切事情總有不順利的時候。你應該完全把它當作一種興趣，在沒有任何壓力的情況下，認真的去做。你的目標應該是，使自己至少在一件事情上積極起來。

一個人要活得有意思，就應該用積極的態度去面對人生。有的人，幾乎可以說天生就是這個樣子。這樣的人，用不著我們去為他操心。有的人受了挫折，儘管也會沮喪一陣子，卻恢復得快。這種能夠「自我調整」的人，也用不著我們為他操心。

最使我們關心的，是恢復得慢的人，或者說，缺乏「調整自覺」的人。長期的沮喪和消極，會使人喪失活活潑潑的生命力。對人群社會來說，這是一個很大的損失。自我調整最有效的方法之一，就是去找一件自己發生興趣，具有適當的「難度」等著你去克服，而且不容易被別人破壞的事情來「積極積極」，一直到自己對人生也積極起來為止。

有一個很有意思的故事：一個經商失敗的丈夫，把債務料理清楚以後，變得灰心喪志，什麼事情都不想做，每天都在家裡閒著。有一天，賢慧的太太勸他出去走走，並且拿了他的皮鞋要替他上鞋油。他的皮鞋一向是女傭人擦的。現在家裡窮了，雇不起人，太太不自覺的就接替了這工作。丈夫看見了，脫口說：『讓我自己來吧。』

他動手擦皮鞋，因為做不慣，手有點兒疼，卻覺得心境平靜了許多。因為皮鞋是自己擦的，而且擦得很亮，所以上街的時候，他難免也觀察別人的皮鞋，發現大多數的人皮鞋都很髒。

他對擦皮鞋有了一些心得，對上街觀察別人的皮鞋也發生了興趣。像一篇童話似的，他進入了一個奇異的「皮鞋世界」，重新對人生發生興趣，也恢復了精神的活潑。

故事的結尾是：這個擦皮鞋專家恢復了生命的活力，又成為一個活躍的商人。

如果你沮喪灰心，灰心沮喪，就應該趕快進行自我調整。至少，你可以用積極的態度把自己的皮鞋擦得很亮！

工作和亮光

賽珍珠女士的名著《大地》，儘管是一部小說，但是她在敘事的過程中，常常不知不覺的插入一段段的「散文」，用飽含感情的語言，抒寫男主角王龍對土地的愛，對土地的眷戀。她用的是強烈的字眼，流露的是激情。這是她那個時代所有作品的特徵。她要直接用心中的激情來感動讀者，並不遵循有效的文學的步驟。不過，她自己確實為中國農人對大地的愛所感動，這一點是不必懷疑的。

文學的步驟比較費事，但是我們只有遵循那步驟，才能發揮文學的功能，產生文學的效果。那步驟就是：為每一種情感找「根」，然後去描寫那個「根」；為每一個思想找「根」，然後去描寫那個「根」。文學的基礎，建立在一個假設上，那就是：如果讀者跟你接觸到相同的根，必定也會產生跟你相同的情感，相同的思想。作家的工作幾乎就是先找根，然後「重現」那個根。找根是本領，重現那個根也是本領。

這裡的「根」，指的是生活裡一些難忘的事實，生動的情景。「純文學」的工作，不是指「使用強烈、誇張、古雅、深奧的字眼來寫作」那回事，指的是用有節制的語言來重現一些情景，那些情景恰好是作者的情感和思想的根源。

《大地》的動人主題是：土地是生命之源。《大地》的動人題材是：中國農人對土地的崇拜。其實，這部小說裡的「土地」，只是一個象徵。它的真正主題應該是：「耕耘就是存在」。它的真正題材應該是：中國人的耕耘精神。

瑞典人所以把諾貝爾文學獎頒贈給她，是因為她的作品能生動的描繪中國人的生活和精神。諾貝爾文學獎是相當重視民族生活的描繪和民族精神的表現的。賽珍珠女士獲得了這個榮譽，是因為她描寫了中國人的生活，儘管她不是一個中國人。

「耕耘就是存在」，這是一個迷人的主題。我愛這樣的一個主題，因為它說出了人生的真理。這個主題，也可以轉換成另外一種形式，那就是：人生就是耕耘。「耕耘」是農人的事，所以「耕耘」也還是一個象徵。把「耕耘」轉換成最高級的概念，就成了「工作」。我是相信「工作就是存在」這個人生真理的。

有許多已經退休的大朋友，可以維持安定儉樸的生活，可以過平靜的日子。這是陶淵明的境界，是人生最大的快樂。但是我的朋友告訴我說：『幫我找一個工作！』

我問他：『待遇呢？』

他回答說：『每個月十塊錢。我只要工作！』沒有工作，他心中就會有失落感、漂離感，覺得人生不能給他一種「臨場感」。「工作就是存在」。不工作，他感覺不到自己的存在。他覺得自己像一條船，漂離了海岸，越漂越遠。

我的大朋友常常含笑問我對他有什麼建議。我只有一個建議：要為自己創造一個工作，不要為自己尋找一種消遣。一個人可以對別人說：『我隨便讀讀宋詩玩兒。』或者說：『我隨便念幾首詩玩玩。』但是一定要對自己認真的說：『我研究宋詩。就是這麼回事。』對別人說「玩玩」，只是為了避免受攪擾。對自己一定要認真，要用耕耘的態度。

有許多年輕的朋友，已經有了職業，但是過的是沒有工作的日子。有一個朋友，喜歡喊我叔叔。他有一個待遇不錯的職業，但是日子過得很無聊。他有一個幸福的小家庭，有一位賢慧的太太。他過的是被人形容成「時代寵兒」那樣的「圖畫一般的日子」：住很帥的羅馬瓷磚公寓，穿很帥的委託商行服裝，有一輛很帥的汽車，有兩個很帥的孩子，生活裡充滿了很帥的ABCDEFG，用「模式」「意象」「架構」這種很帥的語詞來談話，但是他覺得很無聊，問我對他有什麼建議。

我建議他為自己創造一個使命，好好兒的找一樣工作來耕耘。

福特回憶他少年時代曾經到愛迪生的大實驗室裡去做事。一連好幾天，愛迪生沒派工作讓他做。他覺得很無聊，就壯著膽子去問愛迪生：『我該做些什麼？』愛迪生忙得要命，忙得很專心，忙得連頭也抬不起來，忙得很幸福。這個福特心目中的怪物，覺得年輕的福特是一個怪物。這大實驗室裡到處都是有意思的工作，隨便伸手一抓就可以抓一大把，但是這年輕的孩子卻問他該做些什麼。他很驚訝，回答福特說：『我們這裡都是自己找工作做的。難道你還沒找到嗎？』

「工作就是存在」。有職業，沒工作，對自己並不是一件好事。那種情況會使自己逐漸消失，消失到使人不覺得他的存在。

有一個很有趣的朋友，告訴我一段關於他自己的人生經歷。他大學一畢業，就找到一個相當不錯的職業。他有三個姊姊，都很平凡。（這是他自己形容的。）三個姊姊都已經出去做事，告訴他一個就業祕訣，就是自己要跟公司把界限畫得很清楚，不然的話，就只有吃虧上當。他把這句話記得很牢。

他在一家公司裡做了一年半的事，從來沒犯錯，但是也從來沒在工作上對公司「大方」過。他牢牢記住三個姊姊告訴他的祕訣。

三個姊姊都讚美他聰明，說他做對了，但是他自己老是覺得日子過得很無聊，有一天，他實在受不了啦，就瞞著三個姊姊，偷偷的替公司多做了一些平日發現的該做的事。不到三個月，他就逐漸覺得日子過得有意思多了，每天上班也覺得格外有精神。現在，他在公司裡很受人尊重，大家把他看成一個出色的工作同伴。大家很自然的都十分關心他。

他說：『我要的就是這個——被人關心，回到人群。過去為了怕吃虧，整整的過了一年半不被人關心的日子，想起來實在可怕。我是一個大人，需要同伴，需要關心，不能孤孤單單的靠著回家聽三個姊姊稱讚我聰明過日子。』

「工作就是存在」。人要靠工作來使日子產生意義，也要靠工作來使生命產生價值。

一個人要想使自己的身體發出亮光，他只要去穿一件綴滿亮片的衣服。可是，一個人要想使自己的生命發出亮光，他只有靠工作。

我的朋友蔡文甫先生，編過一本好書：《閃亮的生命》。這本書所描述的是二十個殘障人的奮鬥史。他們都曾經為自己的不幸遭遇整夜痛苦，個個都曾經認為生命對他們已經沒有意義。然後，他們在苦海中發現了一艘幸福的船。那艘幸福的船就叫「工作」。

他們每一位，幾乎毫無例外的，都能為自己創造一個工作，然後認真的去耕耘。工作使他們平靜下來，不再自己折磨自己。工作使他們感覺到自己的存在，不再對人生懷疑。工作使他們的生命發出亮光，使他們的生命產生了至高無上的價值。不幸的遭遇使他們體驗到生命的痛苦。工作不但使他們的生命產生價值，而且使他們的心態，由最初的憤怒，提升成對眾生的悲憫。工作使他們懂得「愛」。

有許多喜歡做夢的人，夢想自己有一天「做得很大」，大得可以瞧不起所有的人。那麼，他應該先知道的就是：只有工作才能夠使一個人變得「重要」。可是他一旦有了自己覺得重要的工作，一旦認真的去耕耘，就會一下子發現了生命的意義，體會到人生的幸福，就不會再把「做得很大」看得那麼重要了。

有許多人，錯拿工作當手段，想使自己變得很有錢很有錢。可是他一旦認真的工作，馬上就能體會到人生的豐美，不再把錢看得那麼重要了。

人生是一種建設

一個飽受挫折的人，如果不讓「建設心」死去，就不會是一個失敗的人。「建設心」的表現是：做一件有意義的事情，從事一樣有價值的工作，或者，創造一些美好的東西。一個人，無論遭受的挫折有多大，最後總還能留下一個「自己的陣地」，那就是他的身體，他的一顆心。那個身體如果肯為那顆心服役，那顆心如果是「建設心」，那麼，任何時刻，對他來說，都可以是一個美好的開始。

有一位母親遭遇到許多不如意的事。別的家庭都在那兒為五樣人間美事的齊全而興高采烈，但是她的家五樣全缺，使她垂頭喪氣。在一切看起來似乎全無希望的時候，她去買了兩個花盆，並且向區公所辦理登記，領了一袋花土，參與了「家家有花」運動。

她本來就很喜歡花木，對培植花木的常識很有興趣，能用心聽，而且記得住。她的遭遇使她沒有跟人比福氣的本錢，但是她保全了自己心中的一點生機，很認真地想把一盆杜鵑、一盆海棠培植好。她全心投入，興致很高，果然辦到了。

有一段日子，她不斷的添置花盆，竟做到了院子裡四季有花。後來，她請人把前院的水泥土鏟除，買了壤土，把水泥院子改造成一個小花園，有綠地，有花壇，有蔓生植物，有小花樹。小小的院子洋溢著綠意，散發著花香，有一番興旺氣象。

這興旺氣象是幸福人生所必需的條件。這興旺氣象，是「建設心」的產物。

這位母親，因為有一個興旺的小花園，心中充滿了建設的喜悅，有富者的心態，待人變得格外寬容，人際關係也大大改善。過去，她苛責子女，兩代關係並不十分和諧。現在，她以欣賞的眼光看子女，對子女的生活懷著好奇和興趣。子女來探望她的次數越來越頻繁。她的小花園對子女有很大的吸引力，那是她創造出來的美。她的建設活動，使她的心靈由貧乏狀態轉變成富有狀態。她精神上的滿足，由一點小小的建設得來。

對一個飽受挫折的人來說，「挫折」正是他的敵人。可是，人在遭遇挫折的時候，往往喜歡充當「挫折」的得力助手，幫助挫折來迫害自己——那就是說，起了「破壞心」。

有兩個高中一年級的學生，同樣是因為數學考零分受到數學老師的責備。老師性子比較急，話說得重了些。

一個學生覺得自己是在同學面前受了羞辱，起了「破壞心」。從此以後，他不但不念數學，乾脆連數學課也不上。他被「記缺點」，受警告，記過。他成了挫折的得力助手，幫助挫折迫害自己，一直到被學校勒令退學為止。

另外一個，雖然也受了同樣的責備，雖然也覺得難堪，但是回家以後，等激動的情緒稍稍平息，就冷靜的思考自己所面臨的局面。

『你想搞懂數學，這一輩子沒希望了。』老師說得對。

『沒希望就只好放棄了。』他告訴自己。

他左思右想，興起了「建設心」。

『高中數學是沒希望了。國中數學也不見得真懂。小學一年級的數學我總可以搞懂吧？我為什麼不能從一個人接觸數學的起點走起？我一定要從頭檢查，看看我是從什麼地方開始對數學覺得茫然！』他對自己說。

他不再憤慨，也不因為要發洩怒氣立下任何空洞誇大的誓言，例如本學期的大考數學一定要考滿分等等。他興起了建設心，想為自己做一件有意義的事。

他跟小姪子、小外甥借來小學的數學課本，一課一課的研究下去，弄清數學一個接一個的觀念。他念完了小學課本，再念國中課本，發現自己已經能夠進入「數學思考」的世界。到了高三那一年，他的自修和數學課程銜接上了。他相當能掌握數學的思考，成為班上少數能和老師討論數學的傑出學生之一。

另外一個改變，是他的人際關係和他在同學心目中的形象。

從前，他是一個被數學老師叫起來罰站、飽受責備的學生，很令人同情，而且十分可憐。那是「從篩眼裡掉落塵埃」的稗子的形象。

從前，同學都感覺得出他有「某一種自卑」，除了在背後為他嘆息以外，都不敢當他的面談論數學，而且不自覺的跟他疏遠。

現在，他的形象是「留在篩子裡的肥美米粒」。他也是學生，所以同學們覺得他可親。聽不懂數學的同學都期待他「轉譯」老師玄奧的數學語言，期待他用同學慣用的語言為他們解釋數學。他的身邊總是圍繞著一群「嗷嗷待哺」的數學災民。我們同樣可以把他的「被大家所需要」，看成一種興旺的氣象。能使一個人真正體會到生命的意義的，是他所從事的一個小小的建設。能使一個人感覺到心靈的滿足的，是他所創造的一片小小的興旺氣象。小小的建設，小小的興旺，構成每一個人的豐富人生。

「建設心」可以是為自己，但是不能「有害於人」；可以是為自己，但是，不能是一種爭奪。

「建設心」能培養生機，造成興旺。因此，「建設心」也可以是一種人生哲學。這人生哲學為每一個人帶來豐富的人生。

有一個商人，有一天遇到一個老打勝仗的厲害的敵手。一個老吃敗仗的人遇到一個老打勝仗的對手，心中難免有些恨意。老打勝仗的敵手含笑對他點點頭。他本來想不理這個敵手，想掉頭走開。在那緊要關頭，他忽然興起「建設心」。他想，以點頭報答點頭，是建立較好關係的開始。因此，他也趕緊含笑對他的敵手點點頭。從此以後，兩個人竟建立了「點頭情誼」。

商業是一種崇高的行業，最能培養從業人員誠實勤勞的美德。這兩個有點頭情誼的人，由點頭到談話，由談話到互相欣賞，互相愛惜，最後竟成了朋友。他們的情誼，是小小一點建設心造成的美果。

美好的人際關係，也是一種建設，只要有建設的心自然會造成興旺。這興旺，也使我們的人生變得格外豐富。

一個不情願對人表示好意、不情願對人流露好感的人，實在沒有理由抱怨別人對他不好。他的缺乏人緣，是因為他並不關心這方面的建設。既是不建設，哪兒來的興旺？

十九世紀美國作家「華盛頓．歐文」在他所寫的《李伯大夢》中，描繪了李伯的奇特性格。

李伯對自己家裡的事情一點興趣也沒有，卻喜歡義務幫助鄰居做事。因為這個緣故，他在村中人緣很好，「連村裡的狗對他都有好感」。另一方面，他的太太對他的怨恨卻一日比一日深。

從心理學的觀點來看，李伯在家中受到悍妻的干預太多，只想逃避，興不起建設的心。就因為這樣，他跟太太沒法子建立美好的感情。村人和鄰婦就不一樣了。他們欣賞李伯，使李伯興起了建設心。他們向李伯求助，永遠不干涉他做事的時間、方法和程序，使李伯十分熱心的想為自己建立美好的形象，也興起了建設心。李伯人緣好，全靠他自己的建設，但是不能說跟村人對待他好完全沒有關係。

李伯的太太，照樣可以使李伯熱心家事，只要她能把好干預人的天性稍稍調整調整，多多欣賞李伯。一個受欣賞的人，必然具有建設心。

李伯自己也可以從事一個比較艱難的建設——如果他真正有心從事這個建設的話。他含有建設性的忍受一再的干預、一再的苛責，「不寒心」的長期為自己的家工作，一點一滴的培養太太欣賞人和讚美人的能力，一直到兩個人能夠和諧相處為止。

李伯無力從事這樣的建設。他逃避，但是合乎人性。更理想的辦法，是能有一位傳教士去勸勸李伯的太太，讓她也培養建設心——這是一個比較公平的辦法。

從李伯的太太這個角度來看，有一個專替鄰婦做家事的丈夫，何嘗不使她痛苦？但是，她要改善這種情況卻容易得很。她是侵略的，改善的方法就是「不侵略」，收起苛責和永無休止的干預。

《李伯大夢》原本是德國的一個民間傳說。「華盛頓．歐文」表面上也把作品寫得像一個迷人的傳說。其實，他是用喜劇的手法寫了一個動人的「家庭故事」。喜劇是逗人發笑的，但是含有仁者的悲憫。

家庭生活的和諧，要靠家裡每一個成員的建設心。群體的和諧跟進步，同樣也要靠這建設心。這是指「愛群」精神的建設。

一個群體不能永遠沒有爭端。爭端是一種惡性瘤，會造成群體的敗壞。爭端的發生，最深的根源，往往是一場感冒、一陣胃痛、一夜失眠，或一股無法承受的精神壓力。在這種情況下，人人能為自己情緒的發洩感到歉疚，彼此忍一忍，就是建設性的發揮了「愛群」的精神。能在一個和諧的群體中工作，是一種福氣。群體的和諧，是靠每一個成員的建設心造成的。

在中國的歷史上，有一位很有趣的人物，就是漢武帝時代的「卜式」。他在河南的山野中牧羊，把一小群羊變成一千多隻羊，造成一種興旺氣象。他曾經託人向漢武帝表示，要拿出二十萬錢，捐作打匈奴的軍費。

漢武帝召見過他，知道他很會牧羊，就叫他到上林去照顧那裡的幾隻羊。有一次，漢武帝到上林去遊覽，發現原有的幾隻羊也變成了相當興旺的羊群。

卜式能以「建設心」從事自己的工作，因此，他人到哪裡，就為哪裡帶來了興旺。

◆淑世境

「愛」

我所談的這個「愛」，在這篇文章裡，暫時不去接觸最崇高的對一切生命的「愛」，也不去接觸人類青年期的「啊，羅蜜歐，我親愛的羅蜜歐！」那種純真的「愛」。

我要談到的「愛」，是比較「老成」的愛，是日常生活中天天會遭遇到的愛，是《聖經》所說的「愛是恆久的忍耐，愛是永遠不發脾氣」的「愛」。

這個「愛」，在我的人生經驗裡，恐怕是所有的「愛」中最難的。

這個「愛」，是對「豈有此理」的愛，是對「莫名其妙」的愛，是對「可惡透頂」的愛，是對「氣死我啦」的愛。更具體的說，這個「愛」，就是對你每天所接觸到的人的愛。

希臘神話裡的神「柏洛米修斯」，偷了天上的火給地上的人類，並且教人類怎麼用火。為了這件事，眾神之王「宙斯」用大鐵鍊把他鎖在大岩石上，再叫一隻大鷹來吃他的「肝」。還好，他的「肝」是夜夜長新的，不然的話，他就要變成「沒有肝的神」了。

「柏洛米修斯」為了人類的福利，犧牲了自己的自由，讓自己的「肝」受苦，可以作為「人類愛」精神的最偉大的代表。但是，如果有一天，他看到一個糊塗人，爬到岩石上去，「沒心少肺」的指著他說：『看哪，這裡有一個做了壞事的犯人，鎖在大石頭上餵老鷹。』然後吐了一口口水，又說：『活該！』他會不會生氣？

如果他生氣，罵那個糊塗人說：『忘恩負義的傢伙。我為你們人類犧牲了自己的自由，使我自己的「肝」受苦，你不但不感激我，反倒叫我「犯人」，在我臉上吐口水。你難道不是「人」嗎？』

如果是那樣，就證明了我所說的，「崇高的人類愛」的實踐，有時候竟比「愛」你所接觸到的人容易得多。慷慨赴死，從容就義，為一個崇高的思想犧牲自己，這種高貴的行為對許多有骨氣的人來說，做起來並不難。難的反倒是「愛鄰居」了。

每一個人在青年期必定會「發生」的「啊，羅蜜歐，我親愛的羅蜜歐！」的「愛」，是一種對「他不一定能得到的人」的愛。這種「愛」是最純真的，但是也是最容易的。我的意思是說，這種「愛」要「得到一個美滿的結果」不一定很容易，但是「發出」這種愛並不難。

難的是「羅蜜歐」成了「先生」，「茱麗葉」成了「太太」以後，彼此對於「天天在一起」的人的「愛」。

「羅蜜歐」是愛繪畫的，「茱麗葉」是愛文學的，兩個人同時也都熱愛人類，而且彼此也相處得非常融洽和睦。這當然是很好的事。

問題是「羅蜜歐」本來就是一個「人」，如果有一天他做錯了事，說錯了話，拿錯了主意，「茱麗葉」能不能「不說半句難聽的話」？如果有一天「羅蜜歐」竟毫無道理的發了「人脾氣」，「茱麗葉」能不能忍？「愛情」的「愛」是比較容易的愛，夫妻的愛，實踐起來就比較難了。

人人都愛自己的子女，「兩代之間」的愛是很令人羨慕的。但是這種「愛」並不那麼簡單。

這種「愛」本來很簡單，本來不難。只要子女個個都是很懂事的，很聽話的，很活潑的，想法作法永遠跟你一致的，就根本沒有什麼問題。

問題是：如果子女很不懂事，很不聽話，對你提出種種無理的要求，想法作法永遠跟你不一致，使你操心，使你苦惱，你要怎麼「愛」他？

同樣的問題也發生在子女的心中。

「愛父母」是很簡單的事。只要父母永遠像天神那樣「又高又遠」，同時也像天神那樣有求必應，神通廣大，臉上永遠掛著慈祥的笑容，臉上永遠不露出難看的「倦容」，一切都不會有什麼問題。

問題是：如果父母只不過是「凡人」，而且還是不如人家的「凡人」，同時又那麼多慮，那麼遲緩，那麼「只相信自己的經驗」，那麼「總覺得一切早已經非常圓滿」，想法作法永遠跟你不一致，你要怎麼去「愛」？

人人都知道愛鄰居。不過「愛鄰居」裡的那個「鄰居」，必須永遠都是那麼和氣，並且能夠守望相助的才行。如果鄰居不愛清潔，咳嗽的聲音很大，永遠不肯「守望相助」，那麼，你怎麼去「愛」？

這一切問題，形成了「愛的困擾」，困擾了「愛」。

我從我的人生經驗裡，從許多次的挫折裡，體會到「愛」的基本性質像「陽光」，實在「像」極了。就因為「愛」的性質像陽光，甚至可以說「是」陽光，所以我才相信「愛」是可以實踐的。

我從「閱讀」中，從有經驗的人的敘述中，從科學家的著作中，知道「不出太陽」這句話並不是事實。太陽天天「出」，只是有時候被烏雲擋住了。坐飛機的人常有「飛到烏雲頭頂上」的經驗。他說，地上看著像是不「出」太陽，其實太陽在烏雲的頭頂上照樣「出」，並不是烏雲一出現，整個太陽也「黑」了，並沒有這種事情。

一個心中有「愛」的人，應該像太陽，不管有沒有烏雲，他永遠是那麼亮。人人可以拉上窗簾，鎖上門，躲避陽光，「遮蓋」自己。但是只要他拉開窗簾，打開門，太陽還是好好兒的在那裡。太陽並不像童話裡所說的，「氣得臉都白了」或者「急得臉都紅了」。太陽是，不管你怎麼「處置」他，他永遠是那麼亮。

因此一個人要實踐「愛」，就必須有能力不使心中出現「卑劣情緒」，不因為他所關心的人的緣故而憤怒，不因為他所愛的人的緣故而生氣。他必須是健康的，不生病的。如果他不健康，他生病，就應該知道自己不健康了，自己生病了，不讓「不健康」跟「疾病」引發他的卑劣情緒，誘惑他發出粗暴的言語，做出粗暴的舉動。這就是為什麼《聖經》要說「愛是恆久的忍耐，愛是永遠不發脾氣」的原因了。

「愛」是「光的發射」。「光」不是一隻手，所以「愛」是不干涉人的，不攪擾人的。如果你的「愛」是折騰人的，叫人「站起來」，叫人「坐下去」的，那種愛有時候並不使「受」的人覺得幸福。陽光可以取暖，但是陽光並不在他高興的時候，興高采烈的「叫」大家「集中在院子裡」。需要取暖的人，自然會到院子裡去。

「愛」不產生「權力」。你不能因為你愛人，就認為你有權「決定」別人的事情。實踐「愛」的人，永遠不承認「愛」會給他帶來權力，更不去運用他幻想中的這種權利。如果他那樣做，他會使「受」的人受苦。

我們享受陽光，但是並沒有一個「日光公司」每月派人來向你收費。陽光是不需要「回報」的，不索取報酬的。「愛」是只給不收。

陽光照人，只是因為他「願意」，他「本來」就照人。因為，一切為「愛」所做的事情都不算「功勞」。

如果陽光也有「遺憾」，他的「遺憾」就是無法強迫別人來接受他的奉獻。他隨時「等候」在那裡，但是他「無力」召喚任何一個人。

心中沒有「愛」的人，不能算一個強者。一個強者，心中一定有「愛」。

子女可以這樣愛父母，父母可以這樣愛子女。夫妻可以這樣互愛。好人可以這樣愛壞人。這是因為「愛」本來就像陽光，本來就「是」陽光。

容忍的境界

有一位爺爺，坐在客廳裡，看他的孫子發脾氣。十歲的孫子是受父母疼惜的，所以在家裡脾氣很大。這小男孩踢掉腳上穿的皮鞋。有一隻皮鞋飛到廳門上，砰！另外一隻皮鞋飛到有堂皇外殼兒的電視機上，打翻了一個花瓶，即刻就有一個小瀑布從電視機平臺的邊緣，流洩到地板上，滴滴答答……

爺爺靜靜的坐著，含笑的看著。他的胸中醞釀著一個「風暴」，就要迸發。

十歲的小男孩子在地板上打滾，滾到鹿角形狀的衣架旁邊，伸手用力的拉，那衣架就像林場裡一棵剛砍倒的大樹，向旁邊歪，聲勢驚人的，重重的橫倒在地上。小男孩子的母親，正在乾淨的廚房裡忙著，聽到這響聲，就怒容滿面的衝進客廳，一手拿著炒菜鏟子，帶著迎頭痛擊的氣勢向小男孩子跑過去。

她眼角有個影子，回頭一看，是小男孩子的爺爺。那爺爺含笑的對她搖搖頭。小男孩子的母親只好收住腳步，抑制胸中的怒氣，退回廚房裡去。

小男孩子現在滾到一隻靠背椅旁邊，先縮起腿，再用腳一踹，靠背椅也倒了，砰！

爺爺胸中那個「風暴」迸發了。『呵呵呵呵！』他開心的笑著。那風暴是一個「笑的風暴」。

小男孩子的母親第二次從廚房裡衝出來，三腳兩步走到小男孩子的身邊，用力把她兒子的身子翻過去，啪啪啪啪，在小男孩子的小屁股上一口氣打了二十幾下。小男孩子放聲大哭，在地板上滾過來滾過去，像印刷機上的油墨滾子。年輕的母親，臉上一陣紅一陣白的追著打。爺爺的笑聲不停。

小男孩子的母親站直了身子，滿臉怒意的說：『爸！您這樣子笑個不停，等於給孩子鼓勵麼。您不是沒看到他有多壞。』

其實打過孩子以後，這年輕的母親就不知道接著該怎麼辦了。現在她知道了。她對「爸」大發脾氣：『孩子交給您管好了！』

爺爺哈哈大笑說：『你回廚房去忙你自己的事情去吧！』

小男孩子的母親回到廚房裡去繼續做晚飯。這一回是帶著音樂的，叮噹，啪啦，匡啷，宮咚！另外還打碎了一隻碗。「歲歲平安」！

爺爺不停的點頭。爺爺笑聲不停。爺爺高高興興的笑著，品嘗著一種樂趣，像一個科學家根據一個科學理論做一次科學實驗，過程跟理論完全吻合，變化跟理論完全吻合，結果跟理論裡的結論完全吻合，一絲不差。

兒子，就是那小男孩的父親，晚上有應酬，不能回家吃晚飯。他在外面應酬，心裡平平安安。那應酬不是什麼「酒肉應酬」，那是一個座談會，最親熱的同行聚集在一起，舉行最嚴肅的討論，吃最簡單的快餐。有人發言的時候，他心中湧起自豪。他很感動，因為他注意到這些親熱的朋友，平日儘管平易近人，討論起問題來卻都是「肚子裡有相當東西」的。他無牽無掛，把精神專注在座談會上，因為他知道自己有一個沒有問題的家。

兒子在外面吃晚飯的時候，他的家人也正在吃晚餐。

小男孩子的母親把一桌飯菜都弄好了。現在，她的身分像一位好客的主人，她應該請客人來嚐嚐她的手藝。這身分，應該最能受一家人的擁護和歡迎。

她含笑去請「爸」吃飯。她含笑，沒問題，因為「爸」本來就一直笑聲不停。她含笑，不困難，跟一個喜歡笑的人笑一笑，本來就是一件最自然的事情。

然後，她就該去喊那個「小客人」吃飯了。這使她覺得有點兒為難。剛剛還那麼凶狠狠的，又打又罵的對待那可惡的小客人，現在要「換面具」可沒那麼容易。她是一個誠實的好人，不會玩兒面具。可是叫她去「餓」一個孩子，她也辦不到。她心裡不忍。尷尬是尷尬，也得試一試。

『好啦，鬧夠了，快去吃飯吧！』她也只有這麼說說試試了。

可是這個「好啦」只是她自己觀點上的「好啦」，小男孩子覺得這「好啦」並不公平。

小孩子躺在地板上，不肯起來，也不肯吃飯。這是相當使她難堪的。她只有三條路可走。第一條路是讓戰爭再起，也就是「再打」。可是她現在已經夠清醒，夠理智了。她有點兒慚愧，在大學裡她是修過「普通心理學」的，而且考「情緒」還拿了高分。今天怎麼樣？只不過是做晚飯動手稍微晚了一點，心裡焦急；只不過是丈夫不回家吃飯，有些失意，所以一下子變成一個可憐的「情緒人」，再也沒耐心教育孩子，卻想跟孩子講起「理」來了。

她知道再做一次「情緒人」等於再玩一次火，她也知道再打下去就會超過「公平」的界限，甚至鬧出悲劇。第一條路不能走。

第二條路是再跟「爸」發一頓脾氣。這一條路根本解決不了問題。剛才她那麼惡狠狠的對「爸」發脾氣，「爸」呵呵的笑著。現在再發脾氣，老人家更要呵呵的笑個不停了。

只有第三條路好走了。剛剛她大聲說過：『您這樣子笑個不停，等於給孩子鼓勵麼！』現在她的想法不同了。「爸」的呵呵的笑聲，充滿了善意。剛才她認為

「爸」是不對的，現在她要向那個「不對的人」求助，因為那「不對」實在是對極了。

她向她剛才認為「犯了嚴重錯誤」的人求救：『爸！您去喊他。』

爺爺呵呵的笑著，走了過去，充滿信心的伸出右手。小男孩子抓住爺爺的手，含著「雨過天青」的笑容，就勢站了起來，像一個玩單槓的小運動員。爺爺點頭讚賞。

平日吃飯，小男孩子的椅子是挨著媽媽的椅子放著的，現在他把椅子搬到爺爺的椅子旁邊，挨著爺爺坐著。

平日吃飯，小男孩的母親總是自自然然的給兒子夾菜，兒子就把飯碗端過來接。她平日並不覺得她那樣子有多幸福。今天，她不自覺的又像平日那樣的給兒子夾菜，但是兒子把碗拿開，不肯接。她覺得寒心，更覺得氣憤，即刻又想開口講「理」，但是她看到爺爺含笑的悄悄向她搖頭。

這一次她很聽話。她覺得一切都很神奇。那笑容竟能使她服從，並且心中沒有怨意。她接受那笑容像接受一個真理。

晚飯以後，家裡的氣氛更祥和了。好的食物，好的味道，好的營養。好食物最能培養好心情。

客廳裡，小男孩子依偎在爺爺的懷裡，像一隻平安休息的小鳥，小貓，小狗，小羊。小男孩子的母親，坐在對面，打著毛衣，絮絮叨叨的向「爸」報告她前天參加同學會所聽到的笑話。

小男孩子突然插嘴說：『爺爺，媽媽剛才打我！』

爺爺撥弄著小男孩的頭髮說：『打是應該的呀！爺爺小時候也挨過打，爺爺當爸爸的時候也打過你爸爸。越不聽話打得越重。現在小屁股還疼不疼？』

小男孩子笑了，說：『剛才很疼，現在好了。』說著，站了起來，向媽媽跑過去，鑽進媽媽的懷裡，說：『媽，你剛才打我！』

媽媽的毛線被小男孩子碰落在地上，但是她並不發急，只覺得眼眶發熱，鼻子發酸。

『媽不好，媽不該打得那麼重。』她說。

爺爺呵呵的笑著，這是對那一大一小的「鼓勵」。

小男孩子是不懂得道歉的，向媽媽跑過去就是道歉。小男孩子是不懂得謝恩的，向爺爺跑過來就是謝恩。現在，他向爺爺跑過來了，又回到他溫暖的窩裡來了。小男孩子的母親，也撿起地上毛線，繼續打著，繼續報告同學會裡的趣事。客廳裡很安寧，走廊上風鈴叮噹。

不久，那小男孩子的父親回來了。

『爸，我回來了。』他說著，走進臥室去換衣服。在臥室裡，他聽到自己的太太絮絮叨叨的談著同學會的事情，自己的父親呵呵的笑著；自己的兒子聽到什麼好笑的，也像喜鵲似的嘻嘻嘻嘻的笑一兩聲。

他覺得他真是無比的幸福。他的家是所有幸福家庭裡最幸福的一個。

他換好了衣服，手裡拿著一包糖蓮子，遞給他父親。『爸，這是立群叫我帶回來給您嚐嚐的。』說著，就在父親右邊的沙發扶手坐下來，伸手抱著父親的肩膀。小男孩子的母親羨慕的看著父子兩個。她真想也像一個女兒似的，走過去坐在「爸」左邊的沙發扶手上，然後，由隨便哪一個朋友來給這一家拍這麼一張照片。

愛就是穩定

這是一件很奇怪的事情：我完全不記得我是在哪一本書或者哪一個地方，讀到了這五個字——愛就是穩定。我記得這五個字、由上到下排列在一起的樣子。五個字都是宋體字。我不記得五個字的大小。到底是很大的字，像牆上標語，還是很小的字，像《辭海》、《辭源》的註釋那麼小，我不記得了。不過，我明明見過這五個字排列在一起，那是沒有問題的。換句話說，我讀過這句話。

我一定不是在《聖經》裡讀到的，因為《聖經》裡的文字是：『愛是恆久忍耐，又有恩慈。愛是不求自己的益處。愛是不輕易發怒。愛是凡事包容，凡事相信，凡事盼望，凡事忍耐。愛是永不止息。』

當然也不會是在夢中讀到，因為我從來沒有「夢字」的經驗。我夢到的都是畫面。

我只記得我讀到這五個字的時候，覺得這好像是一個寫錯了或者印錯了的句子。我用了幾秒鐘的時間，思索造成這種錯誤的原因。我還沒找出原因，就已經改變了主意。我覺得這句話似乎有一些道理。從此以後，只要我靜下來，我就會想起這句話。想的次數多了，我也就接受了這句話。至少，我認為這是一個通順的句子。我不再想文法，想修辭的問題。我想的是這句話的含義。我不知不覺的肯定了這句話是正確的。

不斷思索的結果，我認為這句我看不懂的話很有意義。這是我們讀古書，讀佛經，讀詩，常有的經驗。我們常常把自己的思想，賦予一句我們看不懂的話。我們認為那句話很有意義，其實卻是：我們為那句話想了很多，而且越想越有意思。我們賦予那句話的意義，也許根本就不是那句話本來的含義。

我覺得「愛就是穩定」這句話，很能說出愛的真正性質。

最有趣的是，我把句子裡的「穩定」，解釋成現代心理學裡所說的「情緒的穩定」。我認為情緒不穩定的人很難實踐愛。這句話並不是專指別人的。它也包括我自己在內：如果我情緒不穩定，我也不可能實踐愛。

真正的愛是應該排除情緒的干擾的。真正的愛，是情緒干擾不了的。這是很容易說明的。如果有一個人，胃不疼的時候才愛國，胃一疼就不愛國，那麼，他一定不是真愛國。就算他其實是真正的愛國，但是時冷時熱的，國家也得不了他多少的愛。

我最先想到的是父母對子女的愛。我自己是一個「父親」，我就拿父親作例子。

一個父親，如果只在自己心情好的時候才關心子女，自己心情不好的時候就不再關心子女，那麼，他就不可能是真正愛他的子女；至少，他沒愛得那麼深。

一個父親，如果只有在子女心情很好的時候才覺得子女值得愛，一旦子女心情不好，表現得有些缺少理性，他就認為子女不值得愛了，那麼，這樣的父親就不可能是真正的愛他的子女。

真正的愛，怎麼可以隨自己的情緒轉移，隨被愛的人的情緒轉移，像風中的旗？

一個父親，在自己情緒最惡劣的時候，看到子女來了，仍然有力量克制自己，對子女含笑，這樣的愛才夠深。自己的愛心像太陽的人，才能把被他所愛的人也看成太陽。

一個真正愛子女的父親，並不因為子女功課好，考了第一名才愛他，一旦子女功課退步，考了第二名，就不再愛他了。如果真是這樣，那麼父親愛的是「功課」和名次。子女並不因為是他的子女才被愛，子女是「透過功課和名次」而被愛。

真正愛子女的父親，在子女犯錯的時候，規勸，流淚，仍然不失去心中的愛。

子女如果是真正愛父母的，就不會因為父親不夠「帥氣」而不再愛他；也不會因為母親「氣質」不夠而少給一點愛；更不會因為自己功課退步，心煩，就根本不再去愛；尤其不會因為自己受了挫折就改變對父母的愛。

夫妻的愛也是一樣的。光頭明星「尤勃連納」和「黛博拉蔻兒」主演的《國王與我》影片裡，王妃對「黛博拉蔻兒」表白自己對國王的感情，說了幾句令人難忘的話：『我愛他的脾氣那麼好，我愛他的脾氣那麼壞……』她的愛，超越了丈夫脾氣的好壞。做丈夫的似乎也應該這樣。

夫婦相處，因為太親近了，最難辨的就是情緒。丈夫的情緒有時候那麼好，有時候那麼壞。太太的情緒有時候那麼好，有時候那麼壞。真正的愛，就是要超越情緒的好壞。愛是高於情緒的，不是，或者不應該是，歸情緒指揮，隨情緒轉移，或者被情緒轉移的。如果我們隨著情緒來實踐愛，那麼那個愛必然的就會變成有時候「很愛」，有時候「不愛」了。

朋友相處，更是這樣。一個人，如果是真愛他的朋友，就不會因為自己遭遇悲慘而不再去愛，也不會因為朋友遭遇悲慘變得粗暴而不再愛他。朋友情緒很好，他愛；朋友情緒惡劣，他還是愛。他自己心情很好，愛朋友；自己情緒惡劣，還是愛朋友。友誼，似乎應該超越情緒。

一個人的快活興奮，很容易感染別人，使別人也快活起來，這並不是一件壞事。因此，「情緒的穩定」，似乎應該是單指「不那麼容易惡化」。真正的愛，可信賴的愛，不變的愛，需要「穩定的情緒」來作基礎，因此，「愛就是穩定」。

我特別關心到父母對子女的愛。父母對子女的最深的愛，應該是穩定的。父母給子女的是穩定的關懷。父母給子女的最大的愛，是讓子女感受到父母對他們的情感的穩定。穩定就是愛。愛就是穩定。穩定就是沒有風雨，沒有斷裂，沒有爆炸。

那穩定似乎還應該包括生活的穩定。讓子女能安心的吃，安心的睡，安心的求學，安心的遊戲，這應該也是愛的重要成分。愛就是穩定。穩定就是愛。

把恐懼帶給孩子，把憂慮帶給孩子，變故太多，搬家太多，就不是愛。愛應該包括給子女穩定的感覺。

如果愛就是穩定，穩定就是愛，那麼，愛的實踐並不是一件容易的事。

一個懂得愛的人，一定不讓自己的憂慮感染了他所愛的，因此他必須達觀而且開朗。他一定不讓自己的恐懼感染了他所愛的，因此他必須樂觀而且勇敢。愛，需要勇氣和耐心，需要堅忍。堅忍帶來穩定。

這麼說起來，愛就不應該是弱者的美德了。只有最強的強者才能實踐愛。

恨是容易的。人失去耐心，就會有恨。不能忍受失敗的痛苦，就會有恨。隨自己的情緒變化對待人，就會製造恨。不能忍受別人情緒的壓力，就會產生恨。守不住愛，恨就來了。挫折，帶來恨。痛苦，也帶來恨。恨，才真正是弱者的「美德」——因為弱，所以才有這「敗德」。

不只是愛「人」，一切的愛都必須是穩定的。只有強者才能愛得那麼穩定。對民族的愛，對理想的愛，對正義的愛，對真理的愛，如果愛得那麼深，那愛就必須是穩定的。穩定是強者的美德。

我始終想不起來「愛就是穩定」這句話是在哪裡讀到，哪裡看到的。我沒料到那樣的一句話會使我想到這麼多。我覺得我已經懂得那句話的含義——我賦予它這種含義。

我說過我沒有「夢字」的經驗，但是我既然說不出這句話的來歷，那麼，它會不會竟真是我在夢中讀到的？我不只是「夢字」，我竟「夢到一個句子」！

熱心

這個世界屬於熱心的人。

無論什麼時候，你對一件事情熱心，你立刻就會感覺到日子的充實，感覺到人生充滿了意義。你會變得神采煥發，語言流暢，而且用最友善的態度待人。你會感覺到你跟整個世界結合在一起，你是世界的一部分，世界是你的一部分。你的腳步會變得輕快，踩荊棘好像踩地毯。你流汗，覺得舒暢。你吃苦，卻能夠不記帳。你會變成一個新人，令朋友為你高興。你完成別人無法完成的事情，像一個奇蹟。

心理學家對於「熱心」現象的研究似乎並不十分熱心。他們研究「人」的需求，以及為了滿足需求所表現出來的行為。例如「人」餓了，就會去找東西填肚子；例如學生為了考上「最理想」的學校，就拚命的去背試題的標準答案。他們所研究的那些「行為」，對我來說，恰好是「假熱心」，不是我所說的熱心。

為什麼說肚子餓了到處找可吃的東西是假熱心？因為肚子餓的人吃飽了以後，就會把「到處找東西吃」看成多餘的事情。他甚至可能並不格外重視肚子的隨時保持「飽滿狀態」，只是餓得十分難受，不得不設法解除痛苦罷了。

大多數的學生都不喜歡死背試題的標準答案。這也就是說，大多數的學生都喜歡親眼看到一隻蜘蛛，親自數一數蜘蛛有幾隻腳，並不喜歡死背一個「八」字。他們為了升學競爭，不得不死背一個「八」字。他們拚命死背，像是很熱心，其實不是真熱心。那種心情，可以形容為「忍受」。

我心目中的「熱心」，是指一種對待天地萬物的「態度」。這一種態度，值得我們加以培養。

有一位朋友跟我說：他接觸的人很多，常常不知不覺地把人分成兩大類。一類是你有事求他，他傾向於幫助你。一類是你有事求他，他傾向於拒絕你。

我的朋友說：『這兩種人，都有自己的生存之道，一樣的受人尊敬。只是，傾向於幫助人的，大家對他比較熱情，比較好，而且朋友也比較多。傾向於拒絕人的，大家對待他比較沒那麼熱情，沒那麼好，而且朋友也比較少。』

傾向於幫助人，這裡頭就含有「熱心」質素。

有一句話說：『施者有福。』世界上有一種人，從來不動念求人幫助，卻熱心於幫助人。這種人日子總是過得高高興興的，很少有機會嘗到寂寞孤單的滋味。他是有福氣的人。

戰國時代的孟嘗君，喜歡賢士，喜歡有奇才異能的人。他照料好幾千個食客的生活，但是從來不算帳。如果他帳目計算得很精，那幾千個人一定一下子都跑光。所謂熱心於幫助人，也包含「不算帳」在內。喜歡幫助人的人，大半在計算上都是糊裡糊塗的。如果計算太精，他就會發現他所遇到的都是「忘恩負義」的人。那就不能算是有福氣了。

有一次我對一個朋友說：『你幫助過我。』

他問我說：『什麼時候？』

每一次我在路上遇見他，我就會像受催眠似的迎上前去，絕不會溜開。

熱心並不只是指待人的良好態度。熱心也指對事事物物的濃厚興趣。

前面提到過，大多數的學生都不喜歡死背試題的標準答案，都喜歡好好的觀察，好好的研究，好好的思考。許多年前，我的一位長輩的表姪，偏偏對死背標準答案這件事的本身，發生了極濃厚極濃厚的興趣。他對「記憶術」著迷，大做實驗，有許多獨創的方法，把自己訓練得像一部小型電腦「蘋果二號」。每一次考試，他總是列名在「孫山」之前。他讀的一直是「最理想的學校」。

考期一近，他就像鶴立雞群，是一群咳聲嘆氣的年輕人當中唯一的興高采烈的人。每一場考試，老師對他總是不放心，不得不含著歉意檢查檢查他的桌子，他的試卷，他的筆，他的袖口，他的口袋。最後，連老師也不得不佩服他精確的「無理記憶術」。他也算是公平的競爭，儘管對某些知識他是似懂非懂，但是他的答案永遠是正確的。我們現在的考試制度，面對的是一個人海，不得不採取電腦閱卷，多多少少也鼓勵了「無理記憶術」。

這個特殊的例子，說明了「熱心」也包含「對某些事情能發生濃厚的興趣，而且琢磨得很起勁」在內。當然，我們都希望我們發生濃厚興趣的事物都是些好事好物。

這種「鑽研」精神，正是熱心的表現，往往能使一個平凡的人變得不平凡。興趣廣泛的人、專精一門的人，都很容易交到朋友，日子過得多采多姿。更重要的一點是：這樣的人很容易吸引朋友，對朋友卻不會有無理的要求；事物本身就已經給了他足夠的樂趣。

有一個對無論什麼事物都缺乏興趣的朋友，後來成為一個相當出色的書法家。他說：跟這個世界毫不相干的那種感覺，並不是一種好受的感覺。他運用了一點意志的力量。他告訴自己，至少要跟一種藝術品接近接近，培養一點興趣。既然他平日也常常寫寫毛筆字打發時間，就索性硬性為自己規定了書法的日課：讀帖、臨摹，並且蒐集討論書法的著作來研讀。因為長期跟書法接觸，長期用毛筆，對毛筆的性能有了自己的體會，同時也孕育出自己的「書法思想」來了。他不再是一個跟這世界毫不相干的人。

他認為：一個對任何事物都不發生興趣的人，運氣好的話，可能因為「自省」而想起了運用意志力，自己把一個「冷淡人」提升成「熱心人」。如果我們討論「熱心」，只把它看成某些人的天生美質，那就沒有多大意思了。熱心的美質是人人可以獲得的——肯定這一點，我們的討論才有意義。

別人的鼓勵，當然也很有效。但是，仰仗別人，你就只有等下去。如果貴人偏偏不來，你怎麼辦？

除了對人的關心、對事事物物的濃厚興趣以外，熱心也表現在對公眾事務的參與上。

個人傑出的成就，必須適當的加以運用，才能夠造成社會的進步。運用這些個別的成就，必須靠群體的力量。一個進步社會的特徵，是處處都有熱心人。這些熱心人只要聽說是對大眾有益的事，就會從四面八方向中心聚攏，興高采烈的參加工作。長遠的建設需要許多熱心人長期的支持。熱心人實在是造成社會進步的主力。

參與社會建設，對社會有益，對自己也有益。參與者往往因為參與，感覺到自己生命的充實。那是一種幸福的感覺。樣樣參與，無論對誰來說都是不可能的。適當的參與，卻可以使你體會到生命的意義。

有一個年輕人，因為參與「張老師」的服務工作，竟使自己的生活態度變得積極而向上。她說：『無論做什麼，想什麼，總覺得自己是面對著太陽。』

「熱心」是值得我們為自己培育的美質，但是這世界上也有不受歡迎的熱心。支配別人的那種熱心，儘管很熱心，通常並不受歡迎。一個熱心的人最容易忽略對別人的尊重。一個喜歡下圍棋的人希望天下人也都喜歡下圍棋，這種想法是正常的。如果他攻擊其他的棋藝，甚至希望能夠有個有力的立法，禁止別人下別的棋，這種想法就不正常了。

呼籲天下熱心人共同從事一件有意義的社會建設，這是正常的。嚴厲指責不參加的人，說他們都是壞人，這就不正常了。有意義的社會建設有一千項，尊重別人的選擇是必要的。最簡陋的房子也有四根柱子。除非是一座「香菇亭子」，我們很少見到一根柱子的房子。對自己所從事的工作有高度的熱心，那工作就會對更多更多的人產生吸引力。對更多更多的人產生吸引力，那工作本身就會有更好的成績。

真正的熱心都帶有「堅貞」的色彩。心存觀望的熱心，容易灰心的熱心，都不是真正的熱心，同時也必然是不受歡迎的熱心。

一個熱心研究甲骨文的人，見了朋友就談甲骨文，這是正常的；但是要適當的採取「經驗交換」的態度，讓朋友也有一點時間談談他的樂趣。如果你占用了全部的時間，嘮嘮叨叨的只談自己的樂趣，那麼，朋友就會覺得這種相聚並沒多大的樂趣。這也是不受歡迎的熱心之一。

以熱心來創造完美的自我，而且熱心把自我奉獻給社會，這才是無瑕的熱心！

人類所以能夠有今天的進步，而且殷切的期待一個更美好的明天，主要都是由一些永不灰心的熱心人所造成的。

使一個社會活動不停的，不是這些熱心人就是那些熱心人。如果沒有熱心人，社會就會呈現停滯或者凝固狀態，成為一個死了的社會。但是我們永遠不必為這樣的事情操心。同一個時間裡，這個角落沒有熱心人，那個角落有。同一個角落裡，現在沒有熱心人，下一刻有。同一個社會裡，這邊有一個灰心人發誓這一輩子再也不辦雜誌，那邊有一群熱心人正在為一份新雜誌的出版做籌畫工作。人間處處時時有熱心人像一個個的小太陽，為我們帶來光明和溫暖。

但願每一個個人也能像社會一樣，能夠熱心永在像太陽永存。但願你，至少也能夠：對這件事不熱心，對另一件事熱心；此刻不熱心，下一刻熱心。

只要你愛自己像愛一個小太陽，你就永遠不會是一個冷卻了的星球。

「成功」的含義

在我年輕的時候，有一種書非常流行。那種書我叫它「成功書」。這種書的來源是美國，內容討論的是一個人怎麼樣才能獲得成功。書中當然列舉了許多成功人物的故事，對他們成功以前所受的苦更是描寫得十分詳盡。這些書差不多有一個公式，那就是：現在雖是「人下人」，只要能吃苦，終必成為「人上人」。當時我家正遭遇到家道中落的痛苦，生活一天不如一天，許多無知的人給了我們一家人不少的刺激。在難過的時候，這種飽含「對未來的許諾」的理論，確實很能刺激我上進。

這一類的書，本來都是翻譯的，銷路很好。後來，就有出版社走「自製」的路，邀請國內的作家執筆。這種國人執筆的「成功書」，優點是所列舉的成功人物不止限於西洋人，中國人也有了登場的機會。其中關於「英雄不怕出身低」的，最常引用的材料是《孟子》的〈告子〉篇。

〈告子〉篇中有名的「故天將降大任於是人也……」那一章的起頭兒，孟子列舉了六位成功的人物：舜、傅說、膠鬲、管仲、孫叔敖、百里奚。這六位，一位是天子，五位是大臣，地位都很高，出身卻很低。舜是農夫。傅說是泥水匠。膠鬲是魚販。管仲曾經是個囚犯。孫叔敖是海邊小村的村夫。百里奚曾經是個俘虜。這是勸出身卑賤的人不必氣餒。

關於「困阨羞辱可以激勵人」的，最常引用的材料是〈太史公自序〉裡的一段話。司馬遷在那一段話裡列舉了七位遭遇困阨羞辱的人。他們都能發憤著述，因而萬世留名。這七個人是：周文王、孔子、屈原、左丘明、孫臏、呂不韋、韓非。周文王曾經受拘禁，卻因此完成《易經》的著述。孔子周遊列國的時候，曾經遭遇過絕糧的困境，卻因此受激勵，完成了《春秋》的編輯工作。屈原是被放逐，在痛苦中寫了〈離騷〉。左丘明是瞎了眼的，卻能撰著《左傳》。孫臏是受了足刑的，卻能撰著兵法。呂不韋被免官，被放逐，卻能傳下一部《呂氏春秋》。韓非一生不得意，卻能留下光彩的著作。

這裡講的是生前不得志或者不得意，也能留名後世。人因為環境不同，遭遇不同，稟賦不同，因此心中境界也都不相同。前面提到的那兩種理論，未必能打動別人的心，卻很能令我動心。受到這些書的影響，我學會了奮發。一直到現在，我對這些書的譯者和作者，仍然心懷感激，因為他們幫助了我，使我不浪費生命。

有一天，上海的時兆月報社寄來了一本贈書，書名是《成功之路》。我以為又是我所喜愛的那一類的書，急急忙忙的就站在大門邊閱讀起來。這本書的第一章，談的是一個我從來沒有留心過的問題，那就是：什麼是成功？

作者在文章的起頭，敘述他的一次經驗。他受邀到一個大學去演講，搭的是火車。火車上有兩位婦人正在互相報告她們兒子的近況。

一位婦人說：『我那孩子總算出人頭地了。他現在是一個最大的醫院裡最有名的醫生。他可以算是成功了。』

另外一位婦人就問：『他的收入還好吧？』

先說話的婦人說：『很好，他的收入太高了。』又說：『你的孩子還好吧？』

另外一位婦人回答說：『我的孩子是一家貿易公司的董事長。他的公司是同業中最大的。他也可以算是成功了。』

先說話的婦人說：『公司的董事長，收入當然不錯了。我的孩子主要是名氣大。你不知道每天有多少人排隊等著讓他看病。』

兩位婦人互相道賀以後，就沉默下來，好像都有了心事。

作者於是就自己問自己：『到底什麼叫作成功？』

下面是一大段的討論。作者說，許多人認為成功就是有了很高的地位，許多人認為成功就是有了很大的權力，許多人認為成功就是有了很高的名望，許多人認為成功就是在學業或事業上有了令人注目的成就，許多人認為成功就是賺大錢。他說，這樣的成功固然難能可貴，不是一般人做得到的，但是算不算真正掌握了成功的意義呢？

作者特別強調的說，他所以認真檢討成功的意義，完全是「基於常識」。他說，再凡庸的人也知道地位的獲得、權力的獲得、名聲的獲得、學位的獲得、資格的獲得、財富的獲得，固然都令大眾羨慕，但是都不能算是真正的成功；因為以這種觀點來看待成功，成功就成為「令人羨慕」了。

作者很風趣的說，一心一意想要令人羨慕，就是追求虛榮。父母豈能以「追求虛榮」來教育自己的子女？

又說，大家都知道，認為成功就是地位，成功就是權力，成功就是名聲，成功就是學位，成功就是資格，成功就是財富，似乎都不很適當。那麼，成功又是什麼？

作者說，好父母都以「做一個有用的人」來勉勵子女，教育子女。那麼，所謂有用，是對誰有用？最妥當的說法和想法，就是對社會有用。因此，他下了一個結論：成功的真正含義是「對社會有貢獻」。如果能從這個角度來看成功，成功就充滿了意義。

那位作者因為是從這個角度來看成功，因此特別重視興趣和目的的和諧。他認為最美滿的人生就是以自己的興趣來奉獻社會。如果人人都能這樣，人人就都能成功，都算成功。

他舉出的一位最成功的人物是愛迪生。愛迪生對社會最大的貢獻是電燈裝置方法的發明，使人類可以很方便的在夜間工作，而他的一生最大的興趣就是不斷的發明。他認為愛迪生的一生，最能說明成功的真正含義。

這一篇平實的文章，給了我很大的震撼，也大大的改變了我對成功的看法。

我本來就認為豐富的人生應該有所追求。我對於追求地位，追求權力，追求名聲，追求學位，追求資格，追求財富的人，不但沒有一點點的反感、惡感，反而覺得他們非常可愛。我最喜歡跟這樣的生龍活虎似的活得有聲有色的人做朋友。但是，我覺得除了這一股可愛的活力以外，我們還應該為成功的真正含義找個適當的安頓。有了一個好方向，我們就不至於迷失。

有一句話：『種瓜得瓜，種豆得豆』。這是大家知道的。「種」，是勞力的「付出」。「得」，是收穫。我所以贊成人生要有所追求，純粹是站在「付出」的角度來看的。所謂人生要有所追求，我的意思是人生要有所付出。我所以喜歡生龍活虎似的活得有聲有色的朋友，主要的原因是他們有無限的精力，能夠無限的付出。對誰付出？對社會付出。

如果站在「得」的觀點來看追求，情形就會完全改觀。不肯「種」，只想「得」，或者種得少，卻想得得多，這就是痛苦的根源。所謂「有無限精力，能夠無限的付出」，指的是「興趣」。興趣產生精力，濃厚的興趣產生無窮的精力：這是常識。由這裡，我們也可以看出，父母讓子女發展自己的興趣，是很好的教育子女的方法。

一個人的成功不成功，是社會裡面的事，不是社會外面的事。一個人的成功不成功，一脫離了社會，就顯得毫無意義。但是，許多人並不這樣想。這是因為他們有一種奇特的「社會觀」。

閩南話裡有一句話說：『別人子，死不了。』意思是別人家的兒子多的是，再怎麼死也死不光。我用這句話來形容前面所提到的那種奇特的社會觀。

有一位母親問一個小孩子說：『雞鴨有什麼用？』

孩子回答說：『讓人吃的！』

有那種奇特的社會觀的人，往往把社會看成另一種「雞鴨」。

有一位先生每天早上都要放狗到外面去大便。太太提出抗議。先生說：『外面的地方你管那麼多！』

有那種奇特的社會觀的人，往往把社會看成一種「外面」。「別人」、「讓人吃的雞鴨」、「外面」，是那種奇特的社會的組成因素。因為這個緣故，他們一直採用「猛獸的態度」來對待社會。他們一點兒也沒有憐憫心的在社會裡「撿」，在社會裡「撈」，在社會裡「奪」，完全不擔心社會會受傷害，完全不關心那些可撿、可撈、可奪的東西是從哪裡來的。他們心目中的「社會」，是一群「永恆的別人」。這一群永恆的別人，命中註定是來讓他們撿，讓他們撈，讓他們奪的。他們認為一切的一切，本來就是這樣的。

有一個人，到公園裡去挖了一棵杜鵑花要回家去種。有一個遊客上前去阻止。那個人反駁說：『這是你的嗎？笑話！』他認為社會是一種「天然資源」。

有這種奇特的社會觀的人，很容易把他們在社會裡所撿、所撈、所奪的總成績叫作「成功」。這就造成了「成功」含義的低俗化，造成「成功」的變質。

大家容易忘記的是，社會如果減去了每一個「個人」，社會就不存在了。因此，把社會看成一種「他們」，這種想法是對其他的人的不尊重。事實上，社會是由「你我」關係所組成的，並沒有一個永遠吃虧的「他」存在。

有那種奇特的社會觀的人，一旦發現自己竟是別人口中的「他們」的時候，一定也會很不舒服。

探討成功的含義，必須以「社會和我的關係」為基礎。如果不以這種關係為基礎，那麼成功並不能為自己帶來快樂，也不能為「別人」帶來快樂。我們的結論是：成功指的是「對社會的貢獻」。

◆結論

豐富人生三境

對現代人來說，豐富的人生至少包括三種境界。能達到這三種境界，就可以說是具備了豐富人生的三種重要質素。這三種境界就是「自立境」、「追求境」、「淑世境」。

自立境

這個境界是指自己跟朋友的關係來說的，它的基本精神是「把自己的幸福建立在自己的努力上」。有一句話說：『朋友要互相幫助。』如果把這句話納入現在我們提到的「自立境」，就會變成「我應該幫助我的朋友」而不是「我的朋友應該幫助我」。我們要做那個幫助朋友的人，不做那個等待朋友幫助的人。

當然，我們有時候也會需要朋友的幫助，但是我們的要求必須十分「輕鬆」，使想幫助我們的那個朋友辦起來絲毫不吃力，而且那個朋友就是拒絕了，我們還能夠毫不在意。設想你出門，換了一套新衣服，偏偏忘了帶錢包，半途中在計程車上想起來了，停車到附近一個有一億財富而且口袋裡經常放著十張千元大鈔的朋友那裡去借一百塊錢付車資。那個好朋友很可能乾脆借給你五百塊錢，不在乎你還不還。如果那個好朋友恰好心情不佳，不想借給你一百塊錢，你頂多也不過是「奢侈」一次，坐原車回家拿了錢包再出來就是了。你要求朋友幫忙，一定要守住這樣的分寸，使求助和助人的性質都不那麼嚴重。嚴重的事情最好是完全靠自己安排步驟，耐心逐一去解決。

在「人格品質」的要求方面也是一樣。如果你認為豪爽是一種人格美質，你就應該格外關心自己是否達到了豪爽的標準，而且因為自己越來越接近豪爽的標準而快樂。你不應該把事情整個倒過來，只關心你的朋友是不是達到豪爽的標準，而且因為你的朋友都跟豪爽的標準相差太遠而不樂。

把自己的快樂寄望在別人的努力上，這是一種不該有的想法。一個人，如果認為自己的快樂不快樂，百分之九十九是別人的責任，只有百分之一才是自己的事情，那麼，這個人一定永遠不快樂。屬於這種類型的不快樂的人，所剩下的唯一的「快樂」就是不停的責備他的朋友。

一個進入「自立境」的人，永遠是他的朋友們喜樂的泉源。儘管他所有的朋友都忙得「相見不下馬，各自奔前程」，他仍然能保住自己的快樂，因為他知道自己也在奔馳；所謂閒情，現代人對它早已十分陌生。他有自己的努力，自己的方向，能夠自我肯定，不必把所有的朋友拉下馬來肯定他。他讓所有的朋友放心。在所有的朋友忙得雙目發直，凝注前方，沒有時間陪伴他的時候，他快樂依舊，自在依舊，能夠「自生」而不是「自滅」。

一家三兄妹，都生活在海外，有一天在華盛頓相遇，想念年老退休的父母，就相約搭同一班飛機回家探視。為了像西洋人所說的要給父母一個驚喜，他們不事先透露回國的消息。

回到了家，他們感覺到圍牆內有寧靜安和的氣氛。他們淘氣的繞到屋後，由後窗看去：父親舒適的坐在客廳看書，母親優閒的哼著歌在廚房用慢速度洗碗盤。三兄妹叫門進屋，滿臉熱淚的擁抱一下父親，擁抱一下母親；不完全是為了親熱，實在是欽敬父母高遠的胸襟，無比的氣概，等於給他們上了一堂重要的人生功課。

有一位父親，從鄉下到臺北來看在大學念書的兒子。他請教了教務組，特意打聽清楚兒子上課的教室，看到兒子全神貫注的正在聽教授講課。他再到兒子的宿舍，悄悄留下一點錢，就高高興興的回鄉下去了。他心滿意足，慶幸自己能有一個懂得好好兒過自己的日子的兒子。他對兒子沒有任何要求，甚至不願意打擾他的兒子上課。他是一個基督徒，在火車上感謝天主給他一個最可愛的孩子，因為「自立」是人格中最可愛的品質。

話雖然這樣說，我們千萬不要認為一個自立的人應該拒絕一切善意的幫助。對於善意的幫助，我們不該苛求，卻應該坦誠的接受，不然的話就太矯情了。

《天方夜譚》裡有一個故事說：有一個魔鬼犯了天條，被天神禁閉在一個瓶子裡，扔進大海。第一年，他發願說誰救了他就要給那個人一筆人間最大的財富。幾年以後，始終沒人救他。他一惱火，就發誓說誰倒楣救了他，他就要毀滅那個人。

一個進入「自立境」的人，跟這樣的魔鬼當然是不相同的。

追求境

在人間，我們最常聽到的自我表白是：『我不求名，不求利。』一個人，如果真正的不求名，不求利，不求東，不求西，乾乾淨淨的什麼也不追求，那就不是一件好事了。人生應該有所追求。追求是生命力的表現，也是生命存在應有的徵象。一個人，哪怕所追求的是一種沒什麼意思的東西，也比什麼也不追求強得多。

一個崇尚「安分守己」的人，也應該為那個「分」定一個標準，然後追求

「安」的境界的不斷提升；為那個「己」確立含義，然後追求「守」的工夫的不斷精進。不管怎麼樣，不要違反生命的自然，迷信生命凝凍的可能。生命無法凝凍；沒有向上的追求，就只能是向下的墮落。

追求是可喜的，但是我們所期待的追求應該都是向上的而不是向下的。為了使生命活動不息，每一個個體維持一種「追求狀態」，這是對社會的進步十分有益的事。最要緊的是不要「誤追」，不要從事對群體有害的追求。

在談論「追求境」的時候，我們不得不為它設定一個範圍，只談論「追」和「不追」，不考慮也許有人會愚蠢到像販毒者追求營業的鼎盛那樣，從事一種對群體有害的追求。

在民主法治的社會裡，因為人人發展的機會均等，發展的途徑很多，私人的財產受到了保障，因此人人追求成就，而且相信成就會給他帶來財富。這就是現代社會所以顯得充滿朝氣的基本原因。生活在這樣的社會裡是快樂的。不過，我們所要討論的追求，並不限於這種有價的追求。我們更應該關心的是另一種具有不同意義的追求。那種追求，超越了「發財不發財」的考慮，能夠使人覺得快樂和幸福。

有一位朋友說，他回憶年輕時代最快樂的事情，不能忘記的有三件：小學時代發覺自己的字很難看，因此全心全意的練字；初中時代英文考過八分，因此每天清晨爬起來在院子裡背英文單字；高中時代體育課的籃球投籃考不及格，因此發憤練籃球。他說，他一向運氣很好，常常碰到意外的好事。別人要念「天將降大任於是人也」來激勵自己，他一向卻念「天降餡兒餅於是人也」來謝天。儘管是這樣，他仍然認為當年為了求字的漂亮，求英文單字記得多，求投籃命中率的提高而進入的追求狀態，最能使他覺得日子過得充實。他承認人生有種種不同的境界，但是唯有進入追求的境界才能使他感覺到跟幸福非常接近。至於交好運，他說，只是狂喜一陣就過去了，沒有什麼好回味的。

一個人一進入「追求境」，他的整個生命就會呈現動態，他的一切活動也會自然組合成有目標的行動。他用不著研究他為什麼活著，因為目標就在他的前方，他早已邁出腳步。所謂幸福，就蘊含在這種狀態中。

我巴不得能夠拋開道德觀點來讚美一切的追求狀態——當然這是不許的。但是，我不得不承認，人生的追求狀態具有一種迷人的美。

淑世境

一個奮鬥成功的人，往往過分強調他的一切成就全靠自己的努力。少數曾經遇到過嚴重的挫折，含淚咬牙苦熬過來的人，在有了成就之後，心理上更往往具有向社會報復的傾向。他們這種說法和想法，雖然都有客觀的事實作根據，令人遺憾的是他們只關心事實的局部，並沒照顧到事實的整體。

許多年前，我讀過一本美國的兒童讀物，敘述一個少年棒球員的故事。這個少年棒球員練球認真，不怕吃苦，天分很高，領悟力強，不久就成為隊中的「王貞治」，為球隊贏得許多獎牌、獎狀、獎旗和獎盃。別人把他看成小英雄，他自己更是這樣。電視記者訪問他，問他成功的原因是什麼。

『靠自己！』他很堅決的說。

『你認為你的成功全靠你自己一個人嗎？』電視記者又問。

『當然，』他說，『難道別人能替我上場打球嗎？』

電視記者走了以後，球隊教練約小英雄到鎮外小溪邊散步。教練說：『你剛才對記者先生說錯了一句話。』

小英雄滿臉通紅的說：『對不起，我忘了說還有您的苦心教導。』

教練嚴肅的說：『我不是最重要的。你不該忘了你母親為你洗球衣，配合你的練球時間特別為你一個人開一次飯。你不該忘了希望你成為律師的父親為了尊重你的興趣，特別答應你打球，而且為你繳費用。你不該忘了班上功課好的同學為你補課，弟弟妹妹為你送冷飲。你更不應該忘了全鎮居民對你的鼓勵。』

有一位日夜苦讀英文字典五年而學會了英文的譯家，當然最有理由說「一切全靠自己」了，但是他說：『感謝編英文字典的人。』

每一位奮鬥成功的人都像是社會培植的好樹。他應該懂得「回饋」社會，然後他所成就的一切才能產生意義。一個人能夠體認到自己的汗是為群體的進步和幸福而流，才會有真正的快樂。不要存有「揚眉吐氣」的庸俗念頭。心中有愛的父母面對幼小兒女，總是彎腰低頭，伸出雙手。一個具有這種「愛護社會」心態的人，才能算是真正邁入人生的「淑世境」。

國家圖書館出版品預行編目資料

豐富人生 / 林良著. -- 二版. -- 臺北市 : 麥田出版 : 家庭傳媒城邦分公司發行, 2015.07
面； 公分. -- (林良作品集 ; 6)

ISBN 978-986-344-199-1(平裝)

855 104000226

林良作品集 06

豐富人生 經典紀念珍藏版

作 者 林 良
責任編輯 賴雯琪 林秀梅
校 對 吳淑芳 吳美滿 陳瀅如

國際版權 吳玲緯
行 銷 陳麗雯 蘇莞婷
業 務 李再星 陳玫潾 陳美燕 枡幸君
副總編輯 林秀梅
副總經理 陳瀅如
編輯總監 劉麗真
總經理 陳逸瑛
發行人 涂玉雲

出 版 麥田出版
城邦文化事業股份有限公司
104台北市中山區民生東路二段141號5樓
電話：（886）2-2500-7696 傳真：（886）2-2500-1966、2500-1967
E-mail：bwps.service@cite.com.tw
發 行 英屬蓋曼群島商家庭傳媒股份有限公司城邦分公司
104台北市中山區民生東路二段141號11樓
書虫客服服務專線：(886)2-2500-7718；2500-7719
24小時傳真服務：(886)2-2500-1990；2500-1991
服務時間：週一至週五09:30-12:00；13:30-17:00
郵撥帳號：19863813 戶名：書虫股份有限公司
讀者服務信箱E-mail：service@readingclub.com.tw
歡迎光臨城邦讀書花園 網址：www.cite.com.tw
麥田部落格：http://www.ryefield.com.tw

香港發行所 城邦（香港）出版集團有限公司
香港灣仔駱克道193號東超商業中心1樓
電話：(852)2508-6231 傳真：(852)2578-9337
E-mail：hkcite@biznetvigator.com

馬新發行所 城邦(馬新)出版集團【Cite(M)Sdn. Bhd】
41, Jalan Radin Anum, Bandar Baru Sri Petaling,
57000 Kuala Lumpur, Malaysia.
電話：(603)9057-8822 傳真：(603)9057-6622
E-mail:cite@cite.com.my

封面繪圖、設計 薛慧瀅
電腦排版 宸遠彩藝有限公司
印 刷 一展彩色製版有限公司

初版一刷 1998年1月15日
二版一刷 2015年7月1日
二版二刷 2019年12月27日

定價／280元

ISBN：978-986-344-199-1

城邦讀書花園
www.cite.com.tw

cite 城邦媒體 麥田出版

Rye Field Publications
A division of Cité Publishing Ltd.

廣	告	回	函
北區郵政管理局登記證			
台北廣字第000791號			
免	貼	郵	票

英屬蓋曼群島商
家庭傳媒股份有限公司城邦分公司

104 台北市民生東路二段141號5樓

▼

請沿虛線折下裝訂，謝謝！

讀者回函卡

cite城邦媒體

※為提供訂購、行銷、客戶管理或其他合於營業登記項目或章程所定業務需要之目的，家庭傳媒集團（即英屬蓋曼群島商家庭傳媒股份有限公司城邦分公司、城邦文化事業股份有限公司、書虫股份有限公司、墨刻出版股份有限公司、城邦原創股份有限公司），於本集團之營運期間及地區內，將以e-mail、傳真、電話、簡訊、郵寄或其他公告方式利用您提供之資料（資料類別：C001、C002、C003、C011等）。利用對象除本集團外，亦可能包括相關服務的協力機構。如您有依個資法第三條或其他需服務之處，得致電本公司客服中心電話請求協助。相關資料如為非必填項目，不提供亦不影響您的權益。

☐ 請勾選：本人已詳閱上述注意事項，並同意麥田出版使用所填資料於限定用途。

姓名：______________________ 聯絡電話：______________________

聯絡地址：☐☐☐☐☐______________________

電子信箱：______________________

身分證字號：______________________（此即您的讀者編號）

生日：____年____月____日 性別：☐男 ☐女 ☐其他____________

職業：☐軍警 ☐公教 ☐學生 ☐傳播業 ☐製造業 ☐金融業 ☐資訊業 ☐銷售業

☐其他______________________

教育程度：☐碩士及以上 ☐大學 ☐專科 ☐高中 ☐國中及以下

購買方式：☐書店 ☐郵購 ☐其他______________________

喜歡閱讀的種類：（可複選）

☐文學 ☐商業 ☐軍事 ☐歷史 ☐旅遊 ☐藝術 ☐科學 ☐推理 ☐傳記 ☐生活、勵志

☐教育、心理 ☐其他______________________

您從何處得知本書的消息？（可複選）

☐書店 ☐報章雜誌 ☐網路 ☐廣播 ☐電視 ☐書訊 ☐親友 ☐其他____________

本書優點：（可複選）

☐內容符合期待 ☐文筆流暢 ☐具實用性 ☐版面、圖片、字體安排適當

☐其他______________________

本書缺點：（可複選）

☐內容不符合期待 ☐文筆欠佳 ☐內容保守 ☐版面、圖片、字體安排不易閱讀 ☐價格偏高

☐其他______________________

您對我們的建議：______________________

____